世界でいちばん素敵な
百人一首の教室
The World's Most Wonderful Classroom of the Hundred Poems by One Hundred Poets

はじめに

鎌倉時代初期に成立した『百人一首』。
出家した宇都宮頼綱《うつのみやよりつな》が、山荘のふすまに飾る和歌を
藤原定家《ふじわらのていか》に選んでもらったのが始まりとされています。
現代ではかるたとして広く親しまれ、
日本人なら誰もが一度は触れたことがあるのではないでしょうか。

しかし、それぞれの歌がつくられた背景や
詠み人たちの想い、選者の意図などを
私たちは十分に理解しているでしょうか。

本書では、百首の歌、百人の人生に秘められた物語を
写真とともにご紹介します。

この本を閉じたとき、
いつか聞いたあの歌が
より鮮明で味わい深いものとなって、
あなたの心に残ることを祈っています。

春の随心院・小野梅園（京都府京都市）。「花の色は」の歌を詠んだ、小野小町ゆかりのお寺です。

Contents 目次

※本書では、歌番号順で和歌を掲載しています。

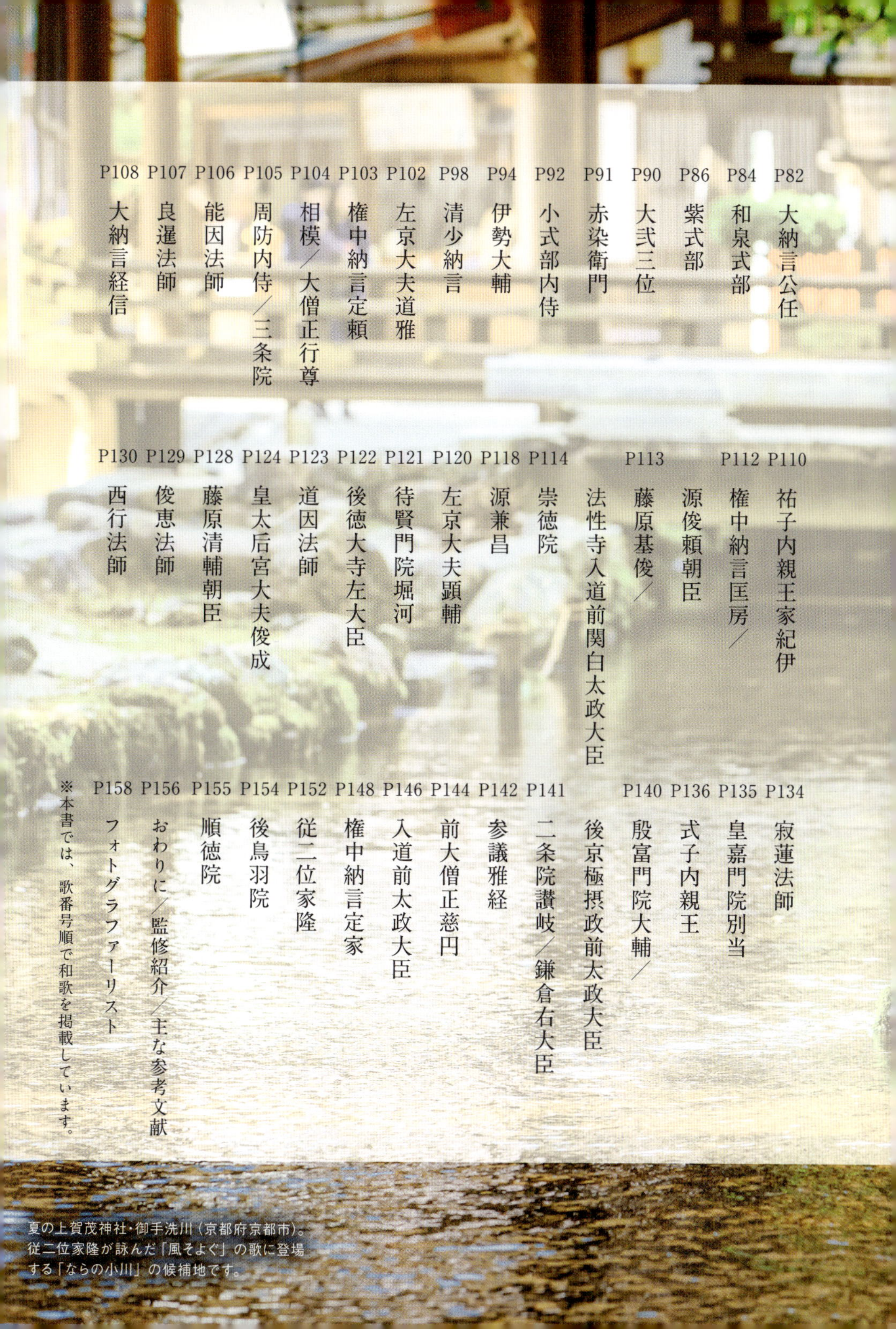

夏の上賀茂神社・御手洗川（京都府京都市）。従二位家隆が詠んだ「風そよぐ」の歌に登場する「ならの小川」の候補地です。

Q『百人一首』の聖地と言えばどこ？

A 滋賀県大津市の近江《おうみ》神宮《じんぐう》です。

第一首目の歌を詠んだ天智天皇をまつっていることにちなんでいます。

近江神宮では毎年、名人位・クイーン位の決定戦や高校選手権大会が行われています。

秋《あき》の田《た》の　かりほの庵《いお》の　とまをあらみ　我《わ》が衣《ころも》手《て》は　露《つゆ》に濡《ぬ》れつつ

詠み人

天《てん》智《じ》天《てん》皇《のう》

現代語訳

秋の田んぼの泊まり番をする仮小屋は、屋根の編み目が粗いので、夜露がぽたぽた落ちてくる。おかげで私の服は濡れてしまうなあ。

慈悲深い天皇が、農民の生活を思いやった歌？

作者は大化の改新を行ない、天皇中心の国家をつくろうとした天智天皇です。当時、国家をつくる基礎となるのは農業でした。間に合わせでつくった小屋で生活し、農作業に明け暮れる農民の貧しい生活。天皇の生活とはかけ離れていますが、そんな人々の辛苦を思いやる慈悲深い天皇であったことを示す歌です。

当時の農民は、稲の収穫期には田んぼで寝泊まりし、見張り番をしていました。

Q 本当に天智天皇が詠んだの？

A 天智天皇が詠んだ歌ではないという説もあります。

素直な詠みぶりから、農民が生活を嘆いて詠んだ歌を、天智天皇が詠んだものとしてとらえた、と考える説もあります。

Q 「とまをあらみ」、ってどんな意味？

A 「屋根が粗いので」という意味です。

「〜を〜み」は「〜が〜なので」という原因・理由を表します。「とま」はスゲやカヤなどの植物で編んだ屋根のこと。その編み方が粗いので、雨や夜露が漏れ、服が濡れてしまうのです。

スゲは日本に古くから生息する植物です。

百人一首 こぼれ話

『百人一首』の巻頭が天智天皇になったわけ

天智天皇は平安朝の始祖であり、理想的天皇の象徴でした。そのため、『百人一首』の巻頭には天智天皇の歌が選ばれたのです。壬申(じんしん)の乱(671年)以降、天皇の系譜は勝者である天武(てんむ)天皇系が続きますが、桓武(かんむ)天皇の父である光仁(こうにん)天皇になって天智系に戻りました。『百人一首』の主な舞台となる平安時代は、その桓武天皇から始まったのです。

滋賀県大津市には、崇福寺（すうふくじ）跡など天智天皇ゆかりの遺跡が多く残っています。

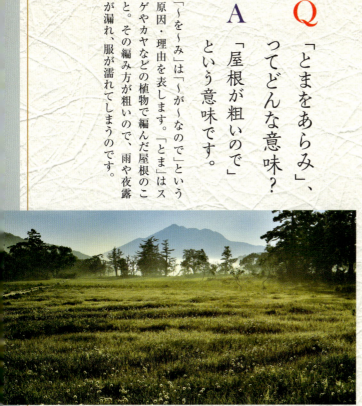

奈良県橿原（かしはら）市と明日香村の間にある藤原宮跡。赤い柱は大極殿院閤門跡（だいごくでんいんこうもんあと）を示すためのものです。

春過《はるす》ぎて　夏来《なつき》にけらし　白妙《しろたえ》の　衣干《ころもほ》すてふ　天《あま》の香具山《かぐやま》

現代語訳

春が過ぎて、いつの間にか夏が来ていたんだね。昔から夏になると衣を干すという天の香具山に、真っ白な衣が干してあるよ。

詠み人

持統天皇《じとうてんのう》

夏の到来を感じる素直でさわやかな歌

詠み人は藤原京を開いた女帝・持統天皇。藤原京からは天の香具山を見ることができます。「白妙の衣」は夏の神事に使う衣と思われ、それを干した天の香具山が毎年恒例の初夏の風景だったのでしょう。それを見て「もう夏なのね」と感じた、その驚きを率直に歌にしています。目に浮かぶような緑と白の対比が鮮やかです。

Q 『万葉集』の歌と微妙に違うのはなぜ？

A 平安朝の人々には遠い昔の心象風景になっていたからです。

この歌がもともと収められていた『万葉集』では、「衣干したり」（衣を干している）となっていました。それが「衣干すてふ」（衣を干すという）とされたのは、平安朝の人々にとっては遠い昔の都の風景であり、実際に目にしたこともなかったからです。

Q 天の香久山ってどこ？

A 大和三山の一つです。

天の香具山は現在の奈良県橿原市にある天香具山のことで、畝傍山（うねびやま）、耳成山（みみなしやま）とともに大和三山と呼ばれています。古くから神聖な山とされ、藤原京の東を守る神の山ともされていました。

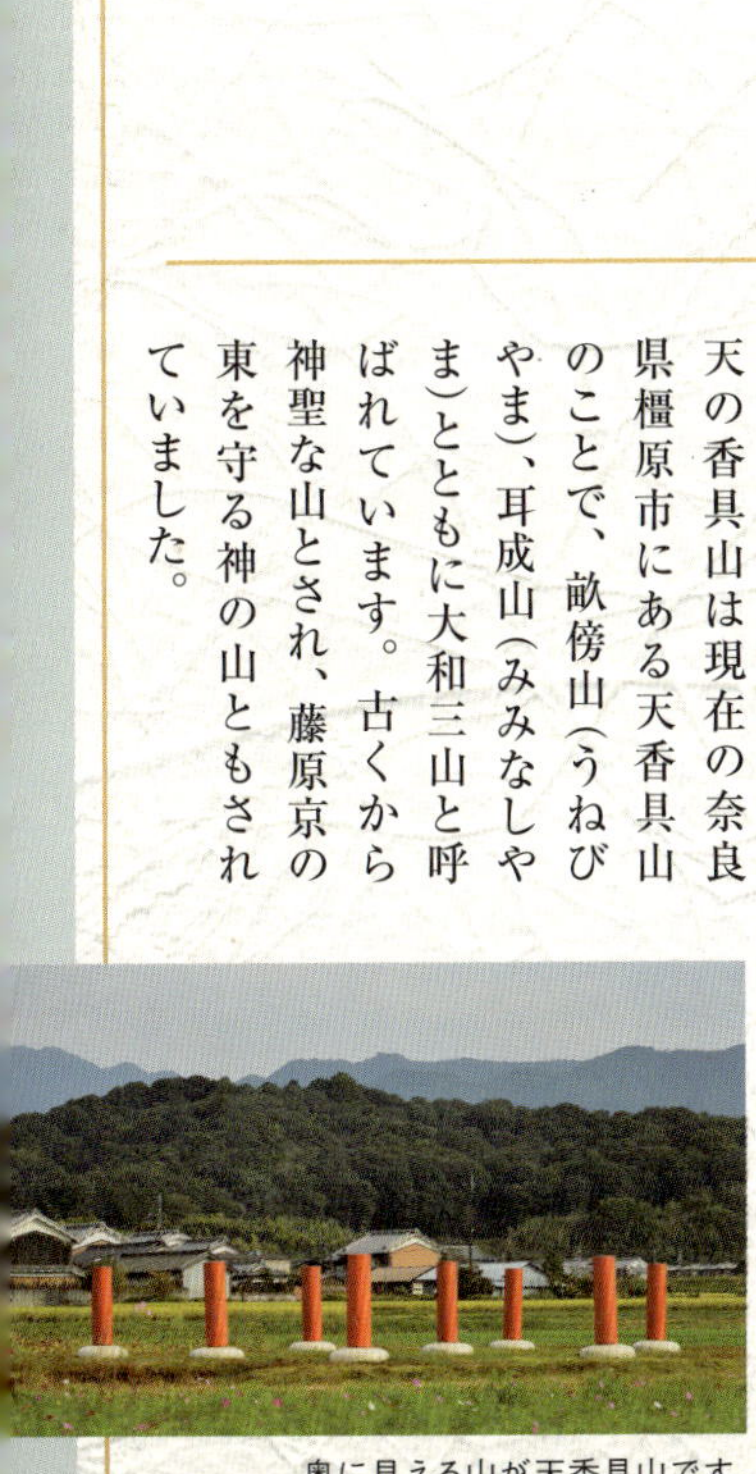

奥に見える山が天香具山です。

ヤマドリは現代日本にも何種類か生息しています。写真はコシジロヤマドリ。

足曳《あしび》きの　山鳥《やまどり》の尾《お》の　しだり尾《お》の
ながながし夜《よ》を　ひとりかも寝《ね》む

詠み人　柿本人丸《かきのもとのひとまる》

現代語訳
山鳥の長く垂れ下がった尾のように、どこまでも続く長い夜を、私は一人寂しく寝るのだろうか。

一人寝の寂しさを独特のたとえと調子で歌いました

「山鳥」はキジ科の鳥で、オスは垂れ下がるほど長い尾を持っています。作者は、一人で過ごす寂しい夜の長さを、その山鳥の尾にたとえました。

また、山鳥のオスとメスが谷をはさみ離れて眠る習性を一人寝に掛けています。

「の」の繰り返しによるなだらかな調子と、「ながながし夜」という独特の表現も印象的です。

Q　「人麻呂《ひとまろ》」じゃないの？

A　同一人物ですが、『百人一首』では「人丸」です。

柿本人麻呂は、持統朝の頃に活躍した宮廷歌人で、『万葉集』では「人麻呂」となっていますが、平安時代は「人麿（ひとまろ）」、『百人一首』では「人丸」が一般的です。なお、この歌は『人丸集』に収められていますが、『万葉集』では作者未詳となっており、人麻呂自身の歌とは考えられていません。

百人一首こぼれ話

枕詞《まくらことば》って何？

特定の言葉の前について、語調を整えたり情緒を加えたりする言葉を枕詞と言います。この歌では「足曳きの」が「山」にかかる枕詞です。「足曳きの」の次には必ず「山」が来るという約束になっており、「足曳きの」自体は歌の意味には関係していません。

Q 富士山が登場する歌はある？

A 山辺赤人《やまべのあかひと》「田子の浦に」の歌に登場します。

静岡県の薩埵峠（さったとうげ）から見た富士山。山辺赤人が詠んだ「田子の浦」は、現在の薩埵峠から蒲原（かんばら）あたりまでの海岸をさすと言われています。

田子《たご》の浦《うら》に　打出《うちい》でてみれば　白妙《しろたえ》の
富士《ふじ》の高嶺《たかね》に　雪《ゆき》は降《ふ》りつつ

詠み人　山辺赤人《やまべのあかひと》

現代語訳

田子の浦の海岸に出て、はるか遠くを見渡したら、白い富士山の頂上に、真っ白な雪が降り続いているよ。

雪がかかる富士山の美しさを想像も加えて歌いました

田子の浦から見る、雪をいただいた富士山。現代の人々もすぐに頭の中に思い描けるような、日本を代表する美しい景色を詠んでいます。実際には、海の近くにいて富士山に降る雪が見えるわけはなく、作者の想像による景色とも言えます。自然を詠むことを得意とした作者は、自身の想像も加えて美しい風景を描いたのです。

奈良県宇陀（うだ）市の額井岳（ぬかいだけ）には、山辺赤人の墓とされる五輪塔（ごりんとう）があります。

ややこしいことに現在の田子の浦からも富士山を臨むことができます。

Q 「田子の浦」ってどこ？

A 現在の静岡県静岡市清水区由比《ゆい》、蒲原《かんばら》、清水港あたりの範囲をさしています。

この歌が詠まれた当時の「田子の浦」は、富士川の西にあたります。現在は富士川の東、富士市の田子の浦港付近を「田子の浦」と呼び、美味しいしらすが名物になっています。

Q 山辺赤人ってどんな人？

A よく分かっていません。

『続日本紀（しょくにほんぎ）』などの正史にその名前がないことから、下級官人であったと推測されています。御幸（みゆき）に同行して天皇を称えた歌も多く、一種の宮廷歌人だったとも考えられていますが、ほかにも諸国を巡って詠んだ歌がたくさんある謎の人物です。

百人一首
こぼれ話

並び立つ柿本人丸と山辺赤人

奈良時代の歌人である中納言家持（大友家持）が、歌人の高い境地の意味で「山柿（さんし）の門」という言葉を使い、自分はまだその境地に至らなかったと未熟さを嘆いています。「柿」は柿本人丸、「山」は山辺赤人とする説が有力です。ただし、山上憶良（やまのうえのおくら）とする説もあります。

奥山《おくやま》に　紅葉《もみじ》踏《ふ》み分《わ》け　なく鹿《しか》の
声《こえ》聞《き》く時《とき》ぞ　秋《あき》は悲《かな》しき

詠み人　猿丸大夫《さるまるたいふ》

現代語訳
人里離れた山奥で、落ち葉を踏み分けながら、メスを呼んで鳴いている鹿の声を聞くと、秋の悲しさが身にしみるよ。

山に響く声が寂しさを募らせる

鹿のオスは九月から十一月の繁殖期に、メスを求めて甲高い声で鳴きます。

秋が深まって散った紅葉を踏み分けながら、山に踏み入った作者。

ただでさえ寂しい季節ですが、甲高い鹿の鳴き声を聞いて、人恋しい自分の気持ちを重ねています。

鹿の鳴き声が今にも聞こえてきそうな歌です。

かささぎの　渡《わた》せる橋《はし》に　置《お》く霜《しも》の
白《しろ》きを見《み》れば　夜《よ》ぞ更《ふ》けにける

詠み人　中納言家持《ちゅうなごんやかもち》

現代語訳
カササギが橋をかけたという天の川のように、宮中の階段にも霜が降りて白くなっている。ああ、すっかり夜が更けてしまったなあ。

あえて見頃ではない時期を歌に

中国の前漢時代の書物には、カササギが七夕の日に橋となり織女《おりひめ》を渡した、という話が書かれています。

しかし、この歌を詠んだのは冬。

冬の天の川は七夕の頃よりも淡く、それを家持は、

「霜が降りたようだ」

と表現したのです。

カササギはもともと日本には生息していなかったと考えられています。

天《あま》の原《はら》　ふりさけ見《み》れば　春日《かすが》なる　三笠《みかさ》の山《やま》に　出《い》でし月《つき》かも

現代語訳

大空を仰いで遠くを眺めると、月が出ている。これは、春日にある故郷の三笠山に出ていた、あの月と同じなのだろうか。

詠み人　阿倍仲麿《あべのなかまろ》

唯一、海外で詠まれた歌

作者が留学生として滞在した、唐で詠んだ歌です。
故郷へ帰りたいという気持ちは、
唐へ渡ったすべての人が持っていたのでしょう。
作者は結局帰国できず、唐で亡くなっています。
それにもかかわらず、
この歌はどうやって日本に伝わったのでしょうか。
もしかしたらこの歌は、
帰れなかった遣唐使たちの思いを託したのであって、
仲麿本人の歌ではないのかもしれません。

わが庵《いお》は　都《みやこ》のたつみ　しかぞ住《す》む　世《よ》をうぢ山《やま》と　人《ひと》はいふなり

現代語訳

私の家は都の東南にあり、このように気楽に暮らしている。なのに、世の中を嫌って、宇治山に引きこもったと人々は言っているらしい。

詠み人　喜撰法師《きせんほうし》

オレは楽しくやってるよ

「うぢ山」は「宇治」と「憂《う》し」の掛詞《かけことば》です。
「世俗で暮らすことがつらくなったから
山に隠れ住んだのだ」という噂《うわさ》に対して、
「そんなことはなくて、
楽しく暮らしているんだよ」と
ユーモアと共に詠んでいます。

都からやや離れたところにある宇治山は、古くから貴族の別荘が多かった場所です。

Q 平安時代の美人と言えば誰？

小野小町は謎の多い人物ですが、ゆかりの寺として京都府京都市の随心院（ずいしんいん）があります。

A
小野小町《おののこまち》が有名です。

花《はな》の色《いろ》は　移《うつ》りにけりな　いたづらに
我《わ》が身《み》世《よ》にふる　ながめせしまに

詠み人　小野小町《おののこまち》

現代語訳

長雨のせいで、桜の花もすっかり色あせて散ってしまったわ。同じように私の美しさも衰えてしまった。長雨を眺めてもの思いをしている間に。

絶世の美女だからこそ衰えるのはつらかったのかも

現代では美女の代名詞にもなっている小野小町。咲き誇っていた花が徐々に枯れていくさまを、自分の容姿が衰えていくさまに重ねています。「ふる」は「経る」と「降る」の、「ながめ」は「眺め」と「長雨」の掛詞《かけことば》で、なんとも微妙な女心を巧みに詠んでいます。美女としてのエピソードはたくさんありますが晩年の記録は残っていない、謎の人物でもあります。

『古今和歌集』では桜の歌群に配列されています。

Q 本当に絶世の美女だったの?

A 美女伝説が多いことは確かです。

「百夜通い」に登場する榧(かや)の木。深草少将は通いの証として、毎晩この実を小野小町の元へ運びました。

小野小町の詳しい経歴は不詳ですが、深草少将(ふかくさのしょうしょう)との「百夜(ももよ)通い」など、多くの逸話があります。当時の絵や彫像などは現存せず、後世に描かれた絵でも後ろ姿が多いため、本当の姿は想像するしかありません。

Q ここで詠まれている花は何の花?

A 本当は梅の花かも。

古くは「花」と言えば梅の花でした。しかしこの歌が収められた『古今和歌集』では桜の歌群に配列されているので、少なくとも選者は桜の花と解釈していることになります。

花の色が移ろってしまったというのは、桜より梅のイメージに近いように思えます。

逢坂の関は、山城国（やましろのくに）と近江国（おうみのくに）にあったと言われ、蝉丸はそのそばに住んでいたとされています。

これやこの　行《ゆ》くも帰《かえ》るも　別《わか》れては
知《し》るも知《し》らぬも　逢坂《おうさか》の関《せき》

現代語訳

これが、都から出て行く人も、都へ帰る人もここで別れ、知っている人も、知らない人もここで出会うという、あの逢坂の関か。

詠み人

蝉丸《せみまる》

名前からしてロマンが漂う 有名な関所を歌いました

逢坂の関は東海道と東山道の関所。畿内周辺にある「三関」の一つで、歌枕としても盛んに詠まれています。関所は、知らない人と出会ったり、もう二度と会えない人と別れたり、さまざまなドラマの舞台だったのでしょう。人生は出会いと別れの繰り返しであるという蝉丸が感じた無常感が伝わってきます。

Q 逢坂の関はどこにあったの？

A 正確な場所は不明ですが、京都府と滋賀県の境です。

『日本書紀』などによれば、忍熊皇子（おしくまのみこ）が武内宿禰（たけしうちのすくね）とここでばったりと出会ったことから、「逢坂」と呼ばれるようになったと言われます。候補地はいくつかあり、正確には特定されていません。

Q 蝉丸ゆかりの地を教えて。

A 滋賀県大津市に蝉丸神社があります。

蝉丸が琵琶（びわ）の名手であり、歌人でもあったことにちなんで、「芸能の祖神」としてまつられています。

蝉丸神社。本殿裏の参道入口には小野小町塚もあります。

わたの原《はら》 八十島《やそしま》かけて 漕《こ》ぎ出《い》でぬと 人《ひと》にはつげよ あまの釣舟《つりぶね》

詠み人

参《さん》議《ぎ》篁《たかむら》

現代語訳

広い海の向こうにあるたくさんの島々をめざして出発したと、都にいる人たちには告げておくれ、釣舟の漁師よ。

追放されるときの心情を前向きに歌った天邪鬼《あまのじゃく》？

遣唐使に任命された篁でしたが、壊れた船に乗せられそうになり、仮病を使って乗らなかった上に、遣唐使に対して批判めいた漢詩を書いたため、嵯峨《さが》上皇の怒りを買って流罪《るざい》となりました。この歌はその出発の際に詠んだものですが、後悔も泣き言もにじませず、将来への希望さえ感じさせます。

「わた」は海のこと。「わたの原」で「果てしなく広がる海原」をさしています。

天《あま》つ風《かぜ》　雲《くも》のかよひぢ　吹《ふ》きとぢよ
乙女《おとめ》の姿《すがた》　しばしとどめむ

現代語訳

空を吹く風よ、天女が通る雲の中の道を閉じておくれ。天女のように美しい舞姫たちの姿を、もう少し見ていたいから。

詠み人

僧正遍昭《そうじょうへんじょう》

女性たちの華麗な舞に僧侶でさえも心を奪われた？

天皇が新米を食べる宮中行事「豊明節会《とよあかりのせちえ》」。
そこで披露される「五節《ごせち》の舞《まい》」を見て詠んだ歌です。
舞姫たちの美しさに感動し、
もうしばらくその姿を留めておいてほしい、
という願いをおおげさに表現しています。
ちなみに、作者はこの時点では出家しておらず、
良岑宗貞《よしみねのむねさだ》という名前でした。
高僧が若い女性に目を奪われたわけではありません。

「五節の舞」はその美しさから梅の品種名にもなっています。梅としての「ゴセチノマイ」は濃い赤色をした八重咲きの花です。

筑《つく》波《ば》ねの　峯《みね》より落《お》つる　みなの川《がわ》
恋《こい》ぞつもりて　淵《ふち》となりぬる

詠み人　陽成院《ようぜいいん》

現代語訳
筑波山から流れ落ちるみなの川が、どんどん水かさを増して深い淵となるように、私の恋心もつもりつもって、深くなってしまったよ。

悲劇的な天皇の情熱的な恋

陽成院は九歳で天皇に即位しましたが、脳病により十七歳で退位せざるを得なかった、悲劇の天皇です。

細い水脈がやがて大きな川となり、淵となるように淡い恋心がつのって大きくなっていくという情熱的な恋の歌です。

この思いを託した綏子《すいし》内親王《ないしんのう》との恋は、のちにめでたく成就しました。

茨城県にある現在の筑波山。

陸奥《みちのく》の　しのぶもぢずり　誰故《たれゆえ》に
乱《みだ》れそめにし　我《われ》ならなくに

詠み人　河原左大臣《かわらのさだいじん》

現代語訳
陸奥のしのぶもぢずりという布の乱れ模様のように、私の心は乱れています。それはだれのせいでもない、あなたのせいです。

家が広すぎて、住所があだ名に

「しのぶもぢずり」は現在の福島県に古くから伝わる絹織物。ランダムなひし形模様が特徴です。

激しく乱れる心をその模様にたとえ、それはあなたのせいだと詠んだ恋の歌です。

作者の本名は源融《みなもとのとおる》。

光源氏のモデルの一人とされ、河原院《かわらのいん》という豪邸に住んでいたので、この名前で呼ばれていました。

福島県福島市には、「しのぶもぢずり」を染めるのに使った、文知摺石（もちずりいし）が残っています。

君《きみ》がため　春《はる》の野《の》に出《い》でて　若菜《わかな》つむ
わが衣《ころも》手《て》に　雪《ゆき》は降《ふ》りつつ

詠み人　光孝天皇《こうこうてんのう》

現代語訳　あなたのために、早春の野原に出て若菜をつんでいると、私の着物の袖に、雪がちらちら降りかかってきています。

平安和歌ブームのはじまり

当時、若菜を摘むのは女性の役目とされていました。そのため、男性であり、天皇でもある作者が実際に摘んだわけではなく、相手を思いやる気持ちを女性の立場で詠んだ歌です。平安和歌の隆盛のきっかけとなった天皇でもあります。

ここでいう「若菜」は春の七草のことです。

立《たち》別《わか》れ　いなばの山《やま》の　峰《みね》におふる
まつとし聞《き》かば　今《いま》帰《かえ》り来《こ》む

詠み人　中納言行平《ちゅうなごんゆきひら》

現代語訳　お別れして、因幡の国へ旅立ちますが、因幡の山に生えている松のように、あなたが私を待っていると聞けば、すぐに帰ってきますよ。

転勤は辛いよ

作者は、三十八歳で因幡の国(今の鳥取県)に赴任します。友人たちと別れるにあたって、惜別の気持ちを込めてこの歌を詠みました。因幡の山にある「松」と「待つ」、「いなば」と「往なば(去ったならば)」という、二種類の掛詞《かけことば》を使って別れの辛さを技巧的に表現しています。

この歌は現在、迷子になったペットの帰りを願う、おまじないの歌になっています。

Q 歌枕って何？

A 和歌に使われる言葉で、主に名所旧跡をさします。

もともとは地名も含む「和歌に使うのにふさわしいとされる言葉」全般をさしていました。時代が経つにつれ、地名や名所旧跡のみをさすようになりました。

歌枕でもある奈良県の龍田川は、現在も紅葉の名所です。

ちはやぶる　神代《かみよ》も聞《き》かず　龍田川《たつたがわ》
から紅《くれない》に　水《みず》くぐるとは

詠み人
在原業平朝臣《ありわらのなりひらあそん》

現代語訳
遠い昔の神々の時代にも、こんな光景は聞いたことがない。龍田川の水面に紅葉が散って、その下を水がくぐって流れるなんて。

平安きってのイケメンが詠んだ激しい恋の歌

昔の恋人である二条后《にじょうのきさき》（高子《たかいこ》）から「屏風を彩る歌を」とリクエストをされた作者が、屏風に描かれた紅葉を見て詠んだ歌です。報われなかった昔の恋を思い出し、情熱を込めて詠んだとされています。在原業平は平安時代を代表するイケメンで、多くの恋愛エピソードが残っています。

「から紅」とは、紅葉のような濃い赤色のことです。

Q 「ちはやぶる」ってどういう意味？

A 「荒々しい」という意味です。

「神」または「（地名の）宇治」にかかる枕詞（まくらことば）なので、現代語に訳す際は触れないことが多いです。「ちはやふる」と清音で読むこともあります。

Q 在原業平のほかのエピソードを教えて。

A 『伊勢物語』が有名です。

平安時代きってのプレイボーイだった在原業平には、恋愛エピソードが多く残っています。平安時代に成立した歌物語『伊勢物語』は男女の物語を中心に構成されていますが、この主人公のモデルが在原業平だったという説があります。

熊本県にある風流島（たわれじま）も『伊勢物語』の舞台の1つ。

Q 在原業平ゆかりの地を教えて。

A 京都府京都市の十輪寺《じゅうりんじ》などがあります。

十輪寺は天台宗の寺院で、在原業平が晩年に住んでいたと伝わっています。在原業平の伝説やエピソードが伝わる土地は、このほかにも全国各地にあります。

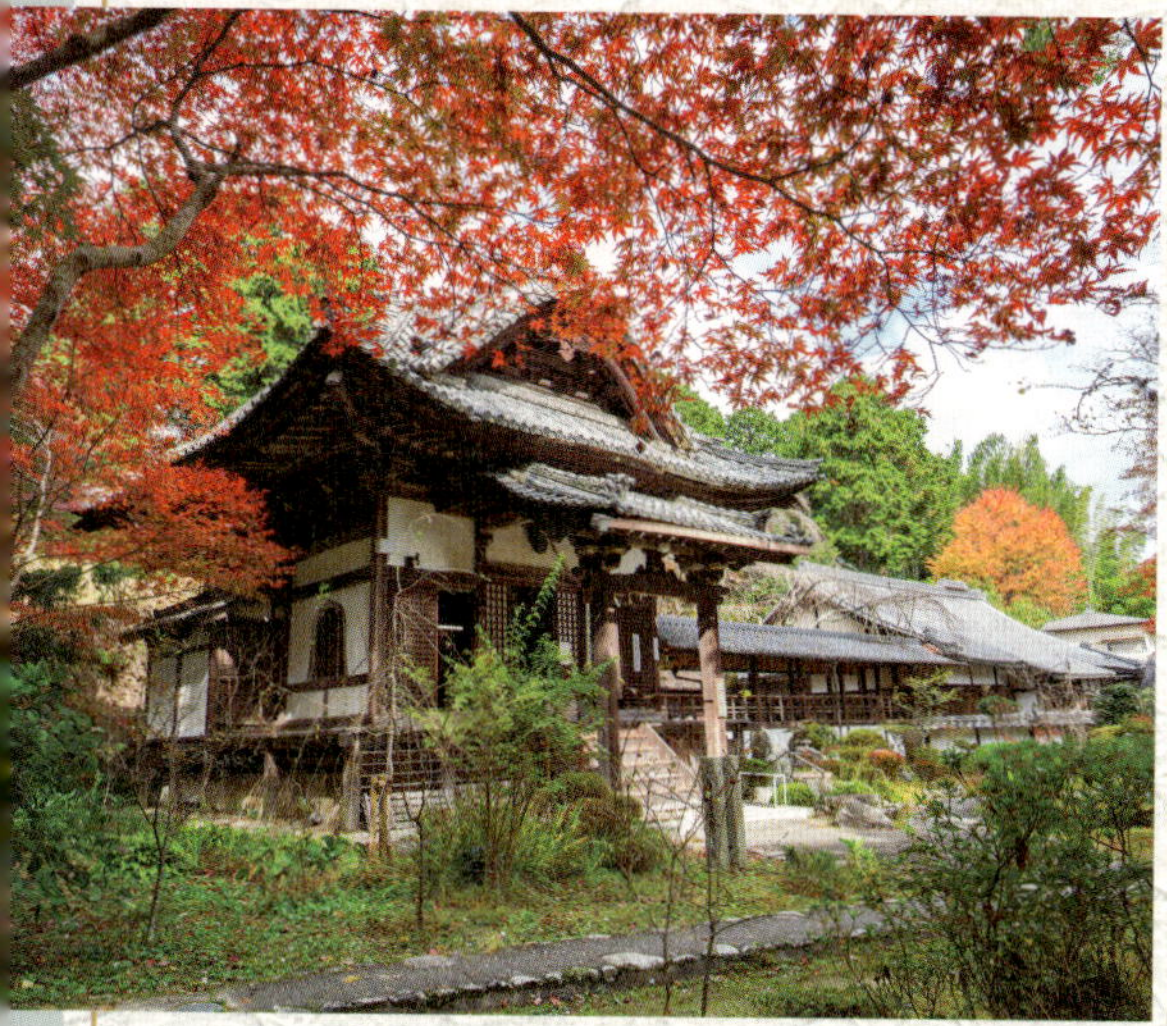

十輪寺は別名「業平寺」とも呼ばれています。

当時は松林が続く海岸だった住の江ですが、現在は埋め立てられ、遊歩道や商業施設になっています。

住《すみ》の江《え》の　岸《きし》による浪《なみ》　よるさへや
夢《ゆめ》の通《かよ》ひ路《じ》　人目《ひとめ》よくらむ

詠み人　藤原敏行朝臣《ふじわらのとしゆきあそん》

現代語訳

住の江の海岸に波が打ち寄せるように、夜に見る夢の中でさえ、どうしてあなたは人目を避けて、会いにきてくれないの。

「愛しているなら夢の中で会いにきて」という無茶ぶり

人目を忍ぶ恋なので、昼も夜も会えない、せめて夢の中で会いたいと願っても、夢にさえも出てきてくれない。そんな狂おしい恋心を歌っています。当時は、夢の中に相手が現れてこそ相思相愛とされていたそうです。作者が女性の立場で詠んだ歌とも、男性である自身の気持ちであるとも言われています。

Q 「夢路」という表現はオリジナル？

A 「夢の通い路」はこの歌が初出です。

「夢の通い路」はほかにほとんど見られない特殊表現でした。「夢路をたどる」といった現代でも使われる表現の始まりと言えるかもしれません。

Q 住の江ってどこ？

A 大阪府大阪市の住吉大社《すみよしたいしゃ》のあたりです。

住吉大社の近くには「墨江」という地名が残っていて、昔はこの近くまで海がありました。和歌においては『万葉集』の時代から、多くの歌が詠まれていて、住吉大社は海の神であるだけでなく、和歌の神としても信仰されてきました。

住吉大社正面の池にかかる太鼓橋。

春の葦。「あし」という名前は縁起が悪いため、現在では「よし」とも呼ばれています。

難波潟《なにわがた》　短《みじか》き葦《あし》の　ふしのまも
あはでこの世《よ》を　すぐしてよとや

詠み人　伊勢《いせ》

現代語訳

難波潟にしげる葦の短い節と節の間のように、ほんのわずかな間さえあなたに会えないで、この世をすごせというのですか。

恋多き女性にとっても最初の別れはつらかった？

伊勢は多くの男性と恋をした女性。この歌は最初の恋人・藤原仲平《ふじわらのなかひら》からのつれない手紙に対して詠んだ歌です。葦の節間のような短い時間でも会いたいという情熱と、それなのに会えないという切なさが伝わってきます。作者はこの歌を詠んだ後も多くの男性と恋に落ちますが、同じような情熱をぶつけていったのでしょうか。それとも最初の恋だからこその激しさなのでしょうか。

Q　葦の節の間は短いの？

A　季節によっては短いけれど、かなり長くなります。

この歌では「ふしのま」にほんの短い間という意味を込めていますが、葦は成長すると四メートル前後にもなり、節の間も二十センチメートル以上になります。この歌は成長前の春か、秋の刈り取り後の葦を見て歌ったと思われますが、平安時代にはほかに同様の表現はなく、独特の感性と言えます。

Q　難波潟ってどこ？

A　大阪湾の入り江あたりです。

現在では開発が進み、人工埠頭などが建設されています。残念ながら、干潟や葦を見ることはできません。

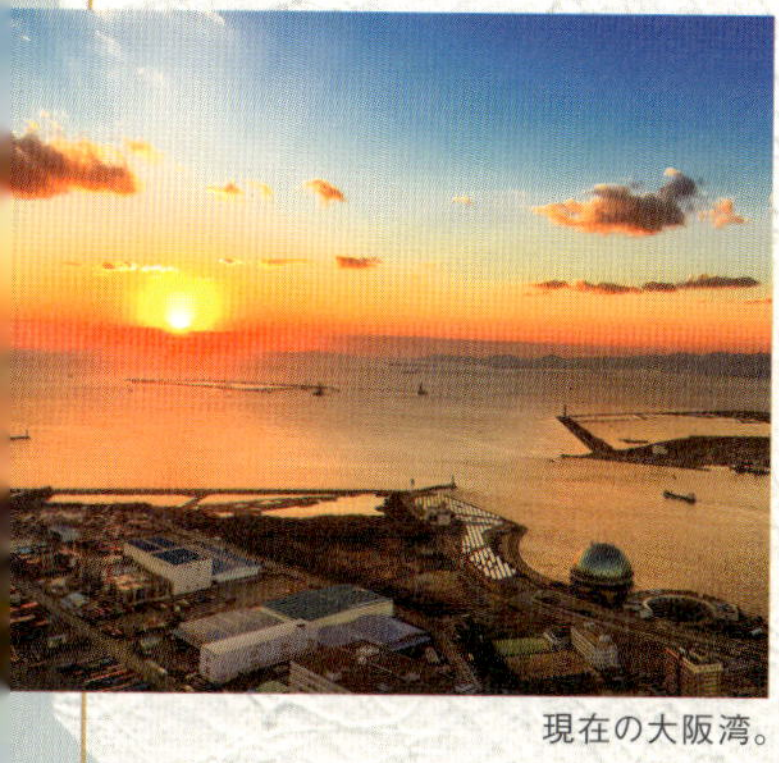

現在の大阪湾。

詫《わ》びぬれば　今《いま》はた同《おな》じ　難波《なにわ》なる
みをつくしても　逢《あ》はむとぞ思《おも》ふ

詠み人
元良親王《もとよししんのう》

現代語訳
噂になってしまって、こんなに悩んでいるので、もうどうなったっていい。難波の「澪標（みおつくし）」のように、この身が尽きようともあなたに会いたい。

秘密の恋がバレてしまい、自暴自棄になったようです

「澪標」は海に立てた航路を示す標識のことで、水の都である難波の象徴でした。宇多《うだ》上皇が愛する京極《きょうごくの》御息所《みやすんどころ》との禁断の恋が露見してしまった元良親王は身をほろぼしてでも会いたいと、覚悟と情熱をこめて詠みあげました。この人も光源氏のモデルの一人とされる当代きってのプレイボーイでした。

浅瀬に立てた杭に「×」と「▽」を重ねたような印をつけたものが澪標です。現在では大阪市の市章にもなっています。

今来《いまこ》むと いひしばかりに 長月《ながつき》の 有明《ありあけ》の月《つき》を 待《ま》ち出《い》でつるかな

詠み人

素性法師《そせいほうし》

現代語訳

「今すぐ行くよ」なんてあなたが言うから、今か今かと待っていたら、とうとう九月の長い夜も明け、有明の月が出てしまったのよ。

待っていたのは一晩？ それとも数か月？

すぐ会いに来ると約束した男を待っている間に、夜明け近くになってしまったと文句を言っています。待てども来ない相手を思う女性の切なさと恨みを歌ったものです。

作者は男性なので、女性の立場になって想像力で詠んだようです。

長月（旧暦九月）まで何か月も待ったという説と、一晩、夜明けまで待ったという説があります。

「有明の月」は夜更けにのぼり、明け方に残る月のこと。「うらめしい月」の代名詞でもあります。

Q 歌に詠まれるのは きれいな景色だけなの？

A

しおれた草木や
嵐を詠んだ歌もあります。

奈良県の曽爾高原（そにこうげん）。秋になるとススキに覆われます。

吹《ふ》くからに　秋《あき》の草木《くさき》の　しをるれば
むべ山風《やまかぜ》を　嵐《あらし》といふらむ

詠み人　文屋康秀《ふんやのやすひで》

現代語訳

山風が吹くと、たちまち秋の草木がしおれてしまう。なるほど、だから山から強く吹き下ろす風を「嵐」というのか。

ダジャレですか？
いいえ、言葉遊びです

嵐という言葉を、二つの意味から詠んだ歌です。

一つは、嵐が吹くと秋の草木がしおれてしまう、つまり「荒らし」という意味。

もう一つは、「山」と「風」の二文字を合わせて「嵐」の字ができているという意味です。

歌合《うたあわせ》の場で、言葉遊びを入れて詠んだ歌であり、人々に「なるほど」「上手い」と思わせました。

ちなみに台風は「野分（のわき）」と呼ばれていました。

Q 「嵐」って暴風雨のこと？

A 山から吹き下ろす風のことを当時はさしていました。

現在の感覚では、台風などの雨を伴う暴風を嵐と呼ぶことが多いですが、昔は山から吹き下ろす風のことを言っていました。「山風」と書いて「あらし」と読む例もあります。

Q 文屋康秀ってどんな人？

A 下級役人ですが、歌は得意でした。

「六歌仙」「三十六歌仙」の一人に数えられています。ただ、歌集などは存在せず、『古今和歌集』に六首採用されているだけです。身分はあまり高くありませんでしたが、交友は広かったようです。

康秀の赴任した三河国は、徳川家康の出身地として有名で、現在も岡崎城が残っています。

Q 小野小町《おののこまち》にふられたってホント？

A いい返事はもらったのですが……。

三河国（みかわのくに）に赴任する際に、絶世の美女として知られた小野小町を「一緒について来ないか」と誘いました。小町は「誘ってくだされば行こうと思う」という思わせぶりな歌を返したのですが、実際にはついて行かなかったと言われています。

月《つき》見《み》れば　千々《ちぢ》にものこそ　悲《かな》しけれ
わが身《み》ひとつの　秋《あき》にはあらねど

現代語訳
月を見ていると、なんだか悲しくなってくるんだ。秋は私一人を悲しませるためにやってくるわけではないのだろうけれど。

詠み人
大江千里《おおえのちさと》

漢詩を日本風の歌にアレンジ そんな和歌の詠み方もあります

大江千里は漢学の家に生まれた漢詩人であり、歌人としてはさほど活躍したわけではありません。この歌は白楽天《はくらくてん》の『白氏文集《はくしもんじゅう》』にある漢詩をベースにして詠んだものです。漢詩人らしく、「月」と「わが身」、「千」と「ひとつ」を対比させるなど漢詩の技法が取り入れられています。

秋が悲しいものとされたのはこの頃からのようです。

このたびは 幣《ぬさ》もとりあへず 手向山《たむけやま》 紅葉《もみじ》の錦《にしき》 神《かみ》のまにまに

詠み人 菅家《かんけ》

現代語訳

この旅は急だったので、ささげる幣を用意できませんでした。手向山の美しい紅葉を、幣の代わりにささげますので、神の御心のままにお受け取りください。

神にささげたくなるほどの見事な紅葉でした

菅家こと菅原道真《すがわらのみちざね》は、宇多《うだ》天皇（上皇）と醍醐《だいご》天皇に仕えました。このときの御幸《みゆき》は急な出発だったので、幣（神様にささげる布片や紙片）を準備することができなかったようです。「紅葉の錦」という漢詩的表現が独創的です。

「タムケヤマ」はモミジの品種名にもなっています。細長く垂れた葉が特徴です。

サネカズラはマツブサ科サネカズラ属のつる性植物。別名ビナンカズラ。

名《な》にしおはば　逢坂山《おうさかやま》の　さねかづら
人《ひと》に知《し》られで　くるよしもがな

詠み人
三条右大臣《さんじょうのうだいじん》

現代語訳

恋しい人に会って共に夜を過ごすという、逢坂山のサネカズラのように、人に知られず、あの人のもとへ行く方法があればよいのに。

会いに行きたいという強い思いを、植物のつるにたとえました

恋をすると何を見ても相手を思ってしまいます。サネカズラはつるの長い植物で、その名前から「小寝（さね＝一緒に寝ること）」を連想させます。そのつるを手繰り寄せるようにして会いに行きたいと思った作者は、この歌にサネカズラを添えて恋人に贈ったそうです。

Q　誰が「くる」の？

A　ここでは、自分が近づく、つまり「行く」という意味です。

男性が女性の元に通うのが当時の恋愛の形でした。この場合の「くる」は心を女性の元に置き、自分が近づくという意味の古語で、現代の言葉で言えば「行く」という意味です。つたを「繰る」の意味も掛かっています。

Q　三条右大臣ゆかりの地を教えて。

A　京都府京都市の勧修寺《かじゅうじ》があります。

醍醐（だいご）天皇の命を受けて、三条右大臣こと藤原定方（さだかた）が建立したと言われます。

庭には桜や藤が植わっています。

Q『百人一首』が生まれたのはどこ？

小倉山荘の推定地の1つ、京都府京都市の二尊院（にそんいん）。

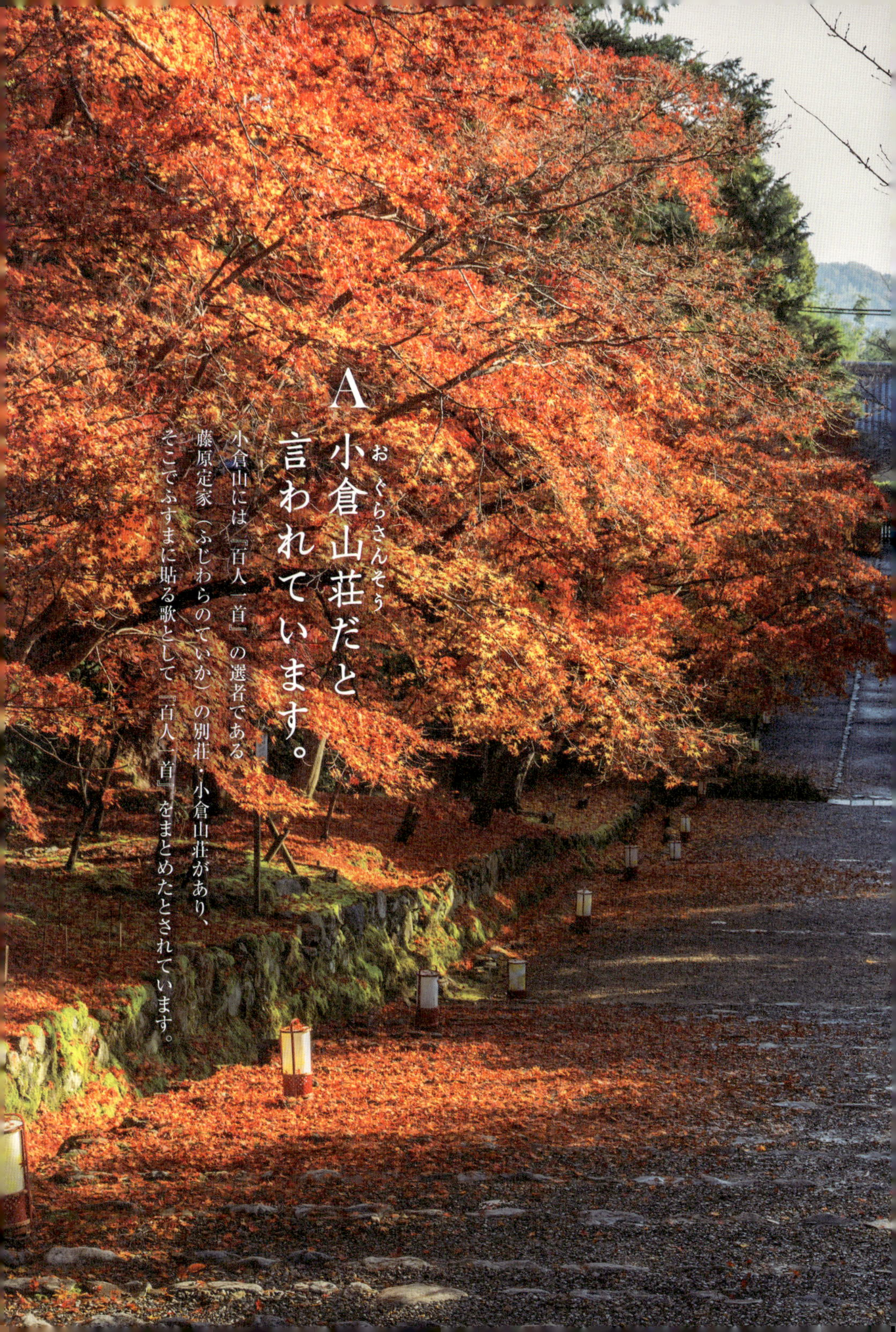

A 小倉山荘《おぐらさんそう》だと言われています。

小倉山には『百人一首』の選者である藤原定家（ふじわらのていか）の別荘・小倉山荘があり、そこでふすまに貼る歌として『百人一首』をまとめたとされています。

小倉山《おぐらやま》 峰《みね》のもみぢ葉《ば》 心《こころ》あらば 今《いま》ひとたびの みゆき待《ま》たなむ

詠み人 貞信公《ていしんこう》

現代語訳

小倉山の峰の紅葉よ、もしお前に心があるなら、もう一度天皇が来られるまで、どうか散らずに待っておくれ。

小倉山が紅葉の名所となるきっかけをつくった歌

宇多《うだ》上皇が小倉山の見事な紅葉に感動して息子である醍醐《だいご》天皇に見せたいと言った、その気持ちを代弁して詠んだのがこの歌です。

宇多上皇の大堰川《おおいがわ》御幸《みゆき》は、小倉山が紅葉の名所となるきっかけになりました。この時、ほかにも多くの歌が詠まれましたが、なぜか残っていません。この歌のみが小倉山を宣伝することになりました。

京都府京都市の常寂光寺（じょうじゃっこうじ）も小倉山荘の候補地の１つです。

Q 小倉山ってどこ？

A 大堰川《おおいがわ》をはさんで嵐山の向かい側にある山です。

手前の川が大堰川。大堰川の右奥、小高い山が小倉山です。

現在の京都府京都市右京区にある山で、大堰川の北岸に位置し、南岸の桂川と相対しています。小倉山の南端付近には亀山公園（京都府立嵐山公園）があり、ふもとには有名な寺社・史跡がたくさんあります。

Q 「みゆき」って何？

A 「行幸」と「御幸」の両方を指します。

天皇が外出することを行幸（ぎょうこう・みゆき）と言います。御幸（ごこう・ぎょこう・みゆき）という場合は上皇・法皇の外出もふくみます。この歌の「みゆき」は、宇多上皇の御幸と醍醐天皇の行幸の両方を意味しています。

Q 貞信公ってどんな人？

A 「延喜《えんぎ》の治」を行った藤原忠平《ふじわらのただひら》のことです。

貞信公は諡（おくりな）といって、死後にその偉業をたたえて送る名前です。忠平は、兄・時平の死後、醍醐天皇に仕えて左大臣などをつとめ、兄の遺業を継いで「延喜格式」を完成させます。子孫からは多くの歌人が輩出されています。

みかの原《はら》　わきて流《なが》るる　泉川《いずみがわ》
いつみきとてか　恋《こい》しかるらむ

詠み人
中納言兼輔《ちゅうなごんかねすけ》

現代語訳
みかの原を分けて流れる「いず(づ)み」川のように、「いつ見」た(会った)わけでもないのに、どうしてこんなにあの人が恋しいのだろう。

当時は噂だけでも恋をしました

「泉川」は京都府南部を流れる木津川のこと。
みかの原はその両岸に広がっています。
「いず(いづ)」に掛けて、
いつ会ったわけでもないのに、
恋しくてたまらないと言っています。
当時の女性は
人前に顔をさらす機会が少なく、
評判を聞いただけで
恋をしてしまうこともあったのです。

現在の木津川。

山里《やまざと》は　冬《ふゆ》ぞ寂《さび》しさ　まさりける
人目《ひとめ》も草《くさ》も　かれぬと思《おも》へば

詠み人
源宗于朝臣《みなもとのむねゆきあそん》

現代語訳
山里は、冬がいちばん寂しいなあ。人が訪ねてくることもなく、草も木も枯れてしまうと思うと。

「冬が寂しい」という感覚が新鮮

もともと、「寂しい」という言葉は
秋と結びついていましたが、
作者は「冬こそ寂しい」
と詠みました。
「山里」も漢詩では
理想郷のイメージでした。
この歌の「寂しさ」は現在では
当たり前のようですが、
当時とても新鮮だったのです。

「かれぬ」は、草が「枯れる」ことと、人目が「離れる（かれる）」ことを掛けています。

心《こころ》あてに　折《お》らばや折《お》らむ　初霜《はつしも》の
置《お》きまどはせる　白菊《しらぎく》の花《はな》

詠み人
凡河内躬恒《おおしこうちのみつね》

現代語訳
気をつけて折れば、折れるだろうか。真っ白な初霜が一面に降りて、見分けがつかなくなってしまった白菊の花を。

晩秋の早朝を想像で描きました

庭一面に霜が降って、
咲いていた白菊と見分けがつかない。
慎重にやれば菊を折ることができるだろうかと、
大げさにも思える表現で晩秋の朝を詠みました。
これは作者が想像で描いた風景です。
現実離れした幻想的な風景ですが、
目に見えるように伝わってきます。

白菊。

有明《ありあけ》の　つれなく見《み》えし　別《わか》れより
暁《あかつき》ばかり　憂《う》きものはなし

詠み人
壬生忠岑《みぶのただみね》

現代語訳
有明の月のように、あなたが冷たく、素っ気なく見えたあの別れから、夜明けほど辛いものはありません。

つれないのは月？　女性？

平安時代の恋愛は男性が女性のもとに通い、
明け方に帰っていくのが通常の形でした。
月が別れの時間を
告げるかのように見えただけではなく、
相手の女性もつれなくて、
それ以降逢ってくれなくなった。
つまり失恋の歌である
という説が有力です。

有明の月は満月以降の月です。

朝《あさ》ぼらけ　有明《ありあけ》の月《つき》と　見《み》るまでに
吉野《よしの》の里《さと》に　降《ふ》れる白雪《しらゆき》

詠み人
坂上是則《さかのうえのこれのり》

現代語訳
ほのぼのと夜が明ける頃、有明の月かと見間違えるほど光っているのは、吉野の里に降り積もった白雪だったよ。

桜のイメージが強い吉野をあえて雪の時期に詠みました

明け方、ふと目を覚ますと何やら外が明るい。明け方の月が出ているのかと戸を開けてみれば、雪が降って一面の銀世界。その驚きをとても素直に詠んだ歌です。子どもではなくても何かワクワクしてしまうそんな気持ちが伝わってきます。吉野山は現在でも桜の名所ですが、冬にも樹氷などの見どころがあるのです。

雪が積もった奈良県の吉野山。

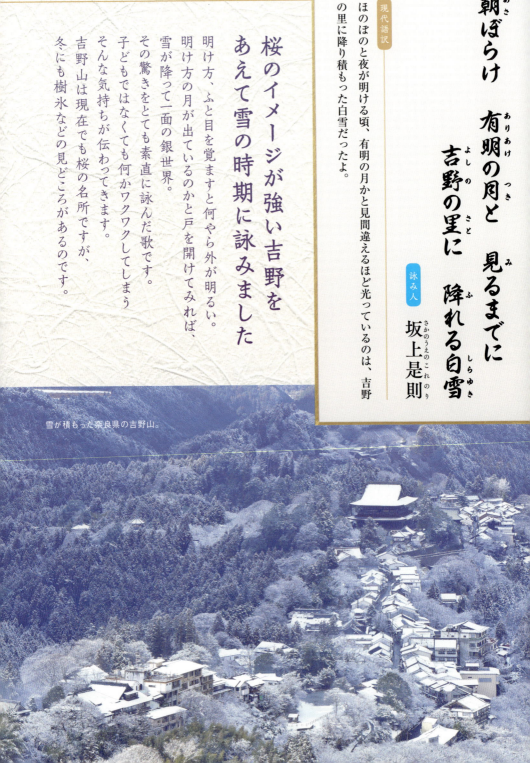

山《やま》がはに
風《かぜ》のかけたる
しがらみは
流《なが》れもあへぬ
紅葉《もみじ》なりけり

現代語訳

山の中を流れる谷川に、水を止める柵があるのかと思ったら、流れきれないでたまっている紅葉だったんだね。

詠み人

春道列樹《はるみちのつらき》

「しがらみ」も紅葉がつくれば美しいものに見えるのです

現在では「しがらみ」という言葉に、あまり良いイメージはありませんが、もともとは水流をせき止めるため、川の中につくった柵のことで、悪い意味ではありません。山あいの川に落ちた大量の紅葉が、風に流され「しがらみ」をつくっている。それは幻想的な光景だったのです。

この歌は「志賀の山越え（京都と大津を結ぶ山道）」の途中で詠まれたと言われています。

Q『百人一首』によく出てくる「花」って何の花？

A 平安時代に「花」と言えば桜です。

桜が人気となったのは平安時代のことです。
それ以降、「花」と言えば桜を指すようになり、
『百人一首』には桜の歌が六首あります。

京都府京都市の円山（まるやま）公園のしだれ桜。正式名称は一重白彼岸枝垂桜(ひとえしろひがんしだれざくら)と言います。

久方《ひさかた》の　光《ひかり》のどけき　春《はる》の日《ひ》に
しづごころなく　花《はな》の散《ち》るらむ

詠み人
紀友則《きのとものり》

現代語訳
ゆったりとした陽光がのどかな春の日に、どうして桜の花だけが落ち着きもなく散ってしまうのだろうか。

春の日差しに舞う花びらと自分の人生の儚さを重ねました

陽光が差す穏やかな春の日なのに、桜の花だけは急ぐように散っていく。のどかな春の日を堪能しながらも、桜を世の無常に重ねて詠んでいます。しかし、桜は散り際が見事だからこそ、日本人の心をとらえているとも言えます。四十歳を過ぎるまで官職に恵まれなかった作者は、自分の人生を桜に投影しているのかもしれません。

穏やかな陽光の中で散り急ぐ桜は、日本の春の原風景です。

紫宸殿の南庭に植えられた桜は「左近（さこん）の桜」と呼ばれ、現在に至っています。

Q 平安時代より前は、「花」と言っても桜ではなかったの？

A 奈良時代の花見と言えば梅の花でした。

貴族の間では、平安時代から庭に桜を植えることが流行しました。平安京の内裏にある紫宸殿（ししんでん）前には、平安京遷都のときは梅が植えられていましたが、承和年間に枯死すると、代わりに桜が植えられました。

Q 「久方の」は枕詞《まくらことば》？

A 「光」に掛けたのは友則が最初でした。

もともと「久方の」は「天」「空」「雲」「月」などに掛かる枕詞で、この歌以前に「光」に掛かる用例はありませんでした。「光」や「日」の「ひ」という音を導く枕詞と考えられています。『源氏物語』にも同じ使い方があり、以後は「光」の枕詞として使われるようになりました。

Q 紀貫之《きのつらゆき》と関係あるの？

A いとこ同士ですが、友則が二十歳ほど年上です。

『古今和歌集』編纂の中心人物で『土佐日記』でも知られる紀貫之。もともと友則は『古今和歌集』の選者でしたが、完成を見ずに亡くなり、貫之が中心となって完成させました。

兵庫県高砂市の海岸沿いには現在も青松が並んでいます。

誰《たれ》をかも　知《し》る人《ひと》にせむ　高砂《たかさご》の
松《まつ》も昔《むかし》の　友《とも》ならなくに

現代語訳

年老いた私は、いったい誰を友人にしたらいいのだろうか。長生きで有名な高砂の松でさえも、昔からの友人ではないのに。

詠み人

藤原興風《ふじわらのおきかぜ》

長寿の象徴である松にこそ老いの寂しさを感じました

「高砂の松」は歌枕で、
長寿やおめでたいことの象徴として知られています。
作者はその松と自分を重ね、
同じように長く生きてはいるけれど、
昔からの友人ではない、
つまり話ができるわけではないと悲しんでいます。
年を重ねて友人が少なくなっていき、
昔話をする相手もいない寂しさが伝わってきます。

Q 「高砂の松」はなぜおめでたいの？

A 「相生《あいおい》の松」のおかげです。

高砂の海岸は古くから松の名所でしたが、とくに雄株（おかぶ）と雌株（めかぶ）が一つの根から立ち上がっている「相生の松」は、今も兵庫県の高砂神社境内にあり、縁結びや和合、長寿の象徴とされています。

「相生の松」は日本全国にありますが、高砂神社がもっとも有名です。

Q 梅の花が登場する歌を教えて。

A 紀貫之《きのつらゆき》の「人はいさ」の歌に登場します。

奈良時代までは梅が人気で、『万葉集』では梅の花を詠んだ歌が、桜の花を詠んだ歌の三倍近くありました。

奈良県の賀名生梅林（あのうばいりん）。吉野の桜に匹敵する、梅の名所です。

人《ひと》はいさ　心《こころ》もしらず　ふるさとは
花《はな》ぞ昔《むかし》の　香《か》ににほひける

詠み人
紀貫之《きのつらゆき》

現代語訳
あなたの心は、どうでしょう、変わったかもしれません。けれど、ふるさとの奈良では梅の花が昔のままの香りで咲いていますよ。

「ご無沙汰ですね」と言われて皮肉交じりに返しました

大和国《やまとのくに》へ初瀬詣《はせもう》でに訪れ、昔使っていた宿に泊まった紀貫之が、「宿は昔のままなのに、ずいぶんご無沙汰ですね」と宿屋の主人に言われたため、庭の梅の花を一枝折って、この句を贈りました。

平安時代の歌ではありますが、前置きに「梅の花の枝を折って詠んだ」とあるためここでの「花」は梅だと分かります。

高知県南国市の土佐国分寺。紀貫之が『土佐日記』で滞在した国府までは 1km ほど。

Q 宿屋の主人はどう返事をしたの？

A 「花を植えた人の心も分かりませんか」と返しました。

貫之が贈ったこの歌に、宿屋の主人は「花だにも　同じ心に　咲くものを　植ゑたる人の　心知らなむ（花でさえ昔と同じ心で咲いているのに、ましてその花を植えた人の心も分かりませんか）」と返しました。遠慮のないやりとりに、二人の親密な間柄が伺えます。

Q 「初瀬詣で」って何？

A 大和の長谷寺《はせでら》を詣でることです。

『枕草子』『源氏物語』などにも登場する、奈良県桜井市の長谷寺は、平安時代から日本有数の観音霊場として人気でした。

長谷寺。初瀬山の中腹に建っていて、「花の御寺」と呼ばれています。

Q 紀貫之が好きなのは梅の花？ 桜の花？

A 梅の花の歌も詠んでいますが、邸宅は「桜町」と呼ばれました。

『百人一首』に選ばれた歌では長谷寺の梅の花を詠んでいます。しかし、京都にあった邸宅の前庭には多くの桜が植えられ、「桜町」と呼ばれていました。

Q 紀貫之ってどんな人？

A 和歌でも、日記文学でも活躍しました。

歌人として『古今和歌集』の選者の一人となり、仮名序（かなじょ）を書いています。勅撰和歌集（ちょくせんわかしゅう）には、四百三十五首の歌が入っており、後の世代に大きな影響を与えました。一方で貫之が書いた『土佐日記』は、最古の日記文学として知られています。

滋賀県大津市比叡山（ひえいざん）の中腹には紀貫之の墓があります。

夏《なつ》の夜《よ》は　まだ宵《よい》ながら　あけぬるを
雲《くも》のいづこに　月宿《つきやど》るらむ

詠み人

清原深養父《きよはらのふかやぶ》

現代語訳

夏の夜はとても短くて、宵の口だと思っているうちに翌日になってしまったけれど、月は雲のどのあたりにとどまっているのかなあ。

平安朝の若者も夜ふかし

月は秋の歌に多く登場しますが、ここでは夏の歌に詠まれています。

短い夏の夜、宵の口と思っているうちに夜が明けてしまい、雲に隠れた月を探しています。

「あの月はどこに行ったんだろう？」と擬人化を使ってどこかユーモラスな歌です。

清原深養父は琴の名手でもありました。

白露《しらつゆ》に　風《かぜ》の吹《ふ》きしく　秋《あき》の野《の》は
つらぬきとめぬ　玉《たま》ぞ散《ち》りける

現代語訳

葉の上にのった白露に、風が吹きつける秋の野は、まるで糸を通して結んでいない真珠の玉が、ぱあっと一面に散っていくようだなあ。

詠み人

文屋朝康《ふんやのあさやす》

親子そろって秋の歌が採用

作者は文屋康秀《ふんやのやすひで》の息子です。

草の上で白く光る露に風が吹きつけて飛び散る。

その様子を、結んでいない糸がほどけて散った真珠のようだと歌っています。

「露」は涙もイメージさせ、はかなく散った悲恋まで思わせる、もの悲しさが漂っている歌です。

草の上にのった白露。

忘《わす》らるる　身《み》をば思《おも》はず　誓《ちか》ひてし
人《ひと》の命《いのち》の　惜《お》しくもあるかな

現代語訳
あなたに忘れられる私の事など、何とも思いません。ただ、私との愛の誓いを破ったあなたが、神様の罰を受けてしまうのが心配です。

詠み人　右近《うこん》

気遣うフリをした恨み言

右近は恋多き女性だったと伝わっていて、この歌の相手である藤原敦忠《ふじわらのあつただ》も相当なモテ男でした。愛を誓った二人でしたが、敦忠は心変わり。自分はどうでもいいが、誓いを破ったあなたが神罰を受けて死んでしまわないか心配だという歌です。「天罰が下りますよ」という皮肉にも聞こえ、見方によっては呪いの言葉のようでもあります。右近は、醍醐《だいご》天皇の中宮穏子《おんし》に仕えていましたが、活躍したのは後の村上天皇の時代です。

浅茅生《あさじう》の　小野《おの》の篠原《しのはら》　しのぶれど
あまりてなどか　人《ひと》の恋《こい》しき

現代語訳
茅（かや）が生えている小野の篠原の「しの」のように、忍んでも忍びきれないほど、どうしてこんなにもあなたが恋しいのだろう。

詠み人　参議等《さんぎひとし》

パクリではなく、オマージュです

「浅茅生の小野の篠原しのぶとも」と、始まる歌が『古今和歌集』にあり、この歌は「本歌取り」で詠まれています。本歌取りとは、古い歌の言葉や読み方を借りて、新しい歌を詠む方法です。盗作ではなく一つの手法として評価されています。

茅はススキやチガヤなどの総称です。

忍《しのぶ》れど　色《いろ》に出《い》でにけり　わが恋《こい》は
ものや思《おも》ふと　人《ひと》の問《と》ふまで

詠み人
平兼盛《たいらのかねもり》

現代語訳
誰にも知られないように恋心を隠してきたのに、つい顔に出てしまったようだ。「気になる人がいるの？」と人が聞いてくるほどに。

心がはずんで態度に出てしまう、現代でも通じる「忍ぶ恋」の歌

恋心は隠していたつもりなのに、
人に気づかれるほど顔に出てしまった……。
まるでJ-POPの歌詞のような
恋する者の普遍的な心境を詠んだ歌です。
平兼盛の体験ではなく、
九六〇年に行われた天徳内裏《てんとくだいり》歌合《うたあわせ》で
「忍ぶ恋」というお題に答え、想像で詠んだ歌です。
次の壬生忠見《みぶのただみ》の歌と競って、勝ちを得ました。

静岡県熱海市にあるMOA美術館には、重要文化財に指定された、平兼盛像が展示されています。写真は館内の日本庭園にある片桐門。

恋《こい》すてふ　わが名《な》はまだき　立《た》ちにけり
人《ひと》知《し》れずこそ　思《おも》ひそめしか

詠み人

壬生忠見《みぶのただみ》

現代語訳

私が恋をしたという噂が、早くも広まってしまった。誰にも知られないよう、ひそかにあの人を思い始めたばかりなのに。

同じ「忍ぶ恋」でも こちらはちょっと辛い状況でした

一つ前の平兼盛《たいらのかねもり》と歌合《うたあわせ》で詠み合った歌です。勝ったのは平兼盛の歌でしたが、二首とも『百人一首』に選ばれました。こちらは、おそらく相手にもまだ伝えていない秘密の恋なのに噂になってしまったと、苦しい心の内を詠んでいます。壬生忠見はこの歌合で敗れて落胆し、病気になって死亡したという説があります。

京都府京都市の北野天満宮にある三十六歌仙の額絵。対で鑑賞される平兼盛と壬生忠見は、どちらも三十六歌仙に選ばれています。

宮城県多賀城市（たがじょうし）にある末の松山。

契《ちぎ》りきな　かたみに袖《そで》を　しぼりつつ　末《すゑ》の松山《まつやま》　浪《なみ》こさじとは

詠み人　清原元輔《きよはらのもとすけ》

現代語訳

約束しましたよね。お互いに涙で濡れた袖をしぼりながら。末の松山を波が越すことがないように、私たちの愛も決して変わりはしないと。

失恋の歌を代作　現代風に言えばゴーストライター

この歌が収められた『後拾遺和歌集《ごしゅういわかしゅう》』によれば、歌人であった清原元輔が、失恋した男性に代わって詠んだ歌です。当時、和歌の名人に代作をお願いするのは一般的なことでした。波が「末の松山」を越えることがないよう、二人の心も変わらないと約束したのに、心変わりしてしまったと嘆いているのです。

Q　清原元輔ってどんな人？

A　娘の清少納言《せいしょうなごん》の方が有名かもしれません。

元輔は平安中期の代表的な歌人で、和歌の選定をする和歌所の職員でした。娘は『枕草子』を書いた清少納言です。清少納言は和歌が苦手で、歌を詠むときは偉大な父のプレッシャーを感じていたそうです。

Q　「末の松山」は本当に波が来ないの？

A　貞観《じょうがん》地震でも東日本大震災でも無事でした。

「末の松山」は、現在の宮城県多賀城市にある松とする説が有力です。貞観地震（八六九年）の大津波の際もこの松までは波が来なかったのを、東国の人が歌に詠んだことで歌枕となっていったと思われます。東日本大震災でもこの松は無事でした。

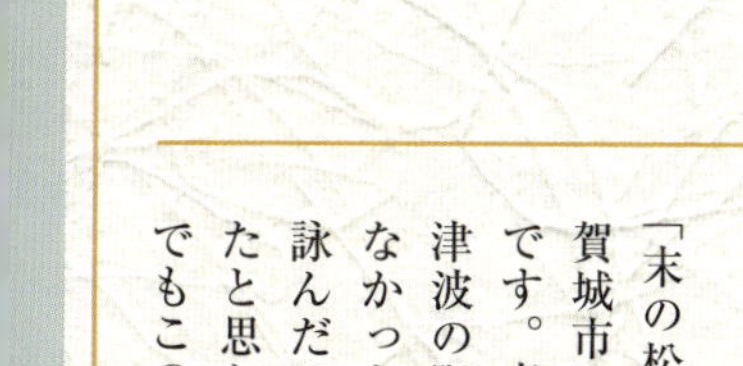

多賀城市の政庁正殿跡。多賀城市には、ほかにも歌枕や史跡が多く残っています。

逢《あ》ひ見ての 後《のち》の心《こころ》に くらぶれば
昔《むかし》はものを 思《おも》はざりけり

詠み人 権中納言敦忠《ごんちゅうなごんあつただ》

現代語訳
あなたに会ってしまった後の、この恋しい気持ちに比べれば、それまでの恋の悩みなんてないようなものだよ。

在原業平《ありわらのなりひら》のひ孫で、イケメンでした

男性が女性と一夜を過ごして帰った朝には、男性から歌を贈ることが当時の習慣でした。それを「後朝《きぬぎぬ》の歌」と言い、この歌はその典型です。一夜を共にしたら、今までとは比べものにならないほど、悩ましく、苦しい気持ちになったと詠んでいます。一度会った後は会ってもらえなくなった、その辛さを表現しているという解釈もあります。

権中納言敦忠は琵琶の名手でもあったようです。

逢《あ》ふことの 絶《た》えてしなくは なかなかに
人《ひと》をも身《み》をも 恨《うら》みざらまし

詠み人 中納言朝忠《ちゅうなごんあさただ》

現代語訳
もしあなたに会うことがなかったなら、こんなふうにあなたの冷たさも、私自身の辛さも、恨まずに済んだでしょうに。

ちょっと重い恋の苦悩

あの人と会うことがまったくなかったら、その方が楽だっただろうという歌です。いっそ会わなければ楽になれる。でもやっぱり会わずにはいられない。現代なら演歌の歌詞にあるような、なかなかヘビーな恋愛のようです。中納言朝忠は、一つ前の敦忠《あつただ》と同じく、歌と楽器が得意で、とてもモテたようです。

雅楽などで用いられる笙（しょう）の名手でした。

哀《あは》れとも　いふべき人《ひと》は　おもほえで
身《み》のいたづらに　なりぬべきかな

詠み人　謙徳公《けんとくこう》

現代語訳　私のことをかわいそうだと言ってくれそうな人なんて思いつかない。きっと私はこのまま一人で恋に苦しみ、死んでいくのだろう。

寂しくて死んじゃうぞ

「身のいたづらになりぬ」は死ぬこと。「哀《あは》れ」と言ってくれる人も見つからないので、死んでしまいそうだと、自分を振った女性に向かって詠んでいます。恋愛にはよくある話かもしれませんが、ちょっと相手の女性もひいてしまいそうです。しかし、「人」は人間全体とも受け取れ、誰もが抱える孤独を詠んだ、という解釈もあります。

由良《ゆら》の門《と》を　わたる舟人《ふなびと》　かぢを絶《た》え
行方《ゆくえ》も知《し》らぬ　恋《こい》の道《みち》かな

詠み人　曽禰好忠《そねのよしただ》

現代語訳　由良の海峡を渡る舟人が、舵がなくなってどうすればよいか分からなくなるように、私の恋の行く末もどうなるかは分からないのだ。

変わり者の斬新な歌

「門」とは流れの早いところ。櫓《ろ》を船に結ぶひもが切れ、コントロールが効かなくなった船に、自分でもどうにもならない恋心をたとえました。地方の下級役人だった作者は、風変わりな性格で周囲から排斥され、歌の斬新さが評価されたのは死後のことでした。「由良」は現在の京都府とする説と和歌山県とする説があります。

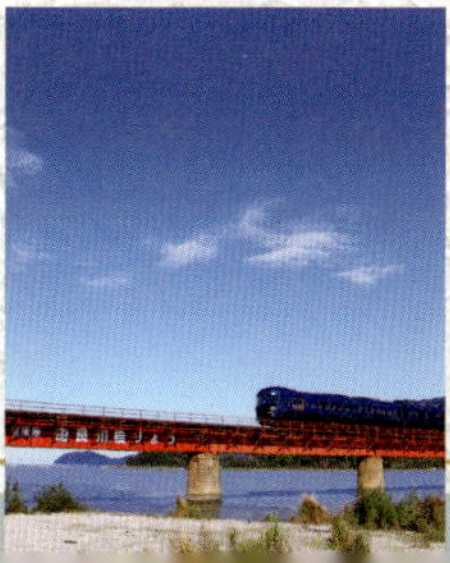

「由良の門」の候補地の1つ。京都府の由良川。

生い茂るヤエムグラ。

八重葎《やえむぐら》　しげれる宿《やど》の　さびしきに
人《ひと》こそ見《み》えね　秋《あき》は来《き》にけり

詠み人

恵慶法師《えぎょうほうし》

現代語訳

つる草がびっしりと生えたこの寂しい家には、誰一人やって来ないけど、秋だけはいつも通りにやってきたのだなあ。

秋を感じているのは二人の僧侶？　それとも女性？

安法法師《あんぽうほうし》が住む河原院《かわらのいん》は、かつては豪華な庭園を持つ邸宅でした。しかし、友人である恵慶法師が訪ねたときはすっかり荒れ果てていました。

僧侶が二人で秋の訪れを感じている、とても静かな光景が目に浮かびますが、好きな男性の訪れを、荒れた家で待ち続ける女性の歌として読むこともできます。

Q　八重葎って何のこと？

A　つる草が何重にも生い茂った様子。『源氏物語』にも出てきます。

アカネ科のヤエムグラという草もありますが、古典の中ではつるを持つ雑草が幾重にも茂ったさまをさします。『源氏物語』には男の帰りを待ち続ける女性の家の門に、八重葎が巻きついた描写があります。

Q　河原院って何？

A　もともとは豪華な庭園を持つ邸宅でした。

十四番の歌に出てくる河原左大臣が京都六条に建てた邸宅で、豪華な庭園がありました。しかし、ひ孫の代にあたる作者の時代にはすっかり荒廃していたようです。

さらに時代は下り、現在の京都府には、河原院跡の石碑だけが残っています。

源重之は、荒れた海に自分の心を重ねました。

風《かぜ》をいたみ　岩《いわ》うつ浪《なみ》の　おのれのみ
くだけてものを　思《おも》ふ頃《ころ》かな

詠み人
源重之《みなもとのしげゆき》

現代語訳
風が激しいので、波が岩に当たって砕けるように、私一人があなたの冷たさに心も粉々になるくらい悩んでいる今日この頃です。

波のように激しいアプローチも女性の心には届きませんでした

寄せては返す波のように何度も何度もアタックしたけれど、岩のようにガンとして心を動かさない女性。最初からまったく脈なしの恋だったのでしょうか？
心が砕け散った作者は、それでもアタックを続けたのでしょうか？
「いたみ」「なみ」「おのれのみ」と「み」の繰り返しが、波のようなリズムをつくっています。

Q 源重之について教えて！

A 重之による『重之百首』は最古の百首歌とされています。

百首歌とは一人の歌人の歌を百首集めたもの。『重之百首』は重之の歌を百首集めて献上したもので、最古の百首歌とされています。これをきっかけに、勅撰和歌集（ちょくせんわかしゅう）を選ぶ際の基礎資料として、主要な歌人に百首歌を献上させるようになりました。

Q どんな歌を詠む人だったの？

A 自身の不遇や旅の風景を詠むことが多いようです。

作者は、信濃、肥後、肥前など、地方の役人を歴任し、陸奥で亡くなったとされています。その旅路や不遇な状況を詠んだ歌を多く残しています。

重之が亡くなったとされる陸奥国、下北半島。

御垣守《みかきもり》 衛士《えじ》のたく火《ひ》の 夜《よる》はもえ
昼《ひる》は消《き》えつつ ものをこそ思《おも》へ

詠み人

大中臣能宣朝臣《おおなかとみのよしのぶあそん》

現代語訳

宮中の門番がたくかがり火のように、私の恋心も夜は激しく燃え上がり、昼は消え入りそうなほど、もの思いに沈んでしまうのです。

恋に夢中でもの思いに沈む
そんなときもあっていいけれど

夜はかがり火のように恋に燃えるけれども、昼はただもの思いに沈んでしまう。伊勢神宮で神職をしていた大中臣能宣が、ちゃんと仕事をしていたか心配になりますが、実は別人の作であるという説が有力で、それなら少し安心ですね。「夜」と「昼」、「もえ」と「消え」が対になっていて、気持ちの浮き沈みがより印象的になっています。

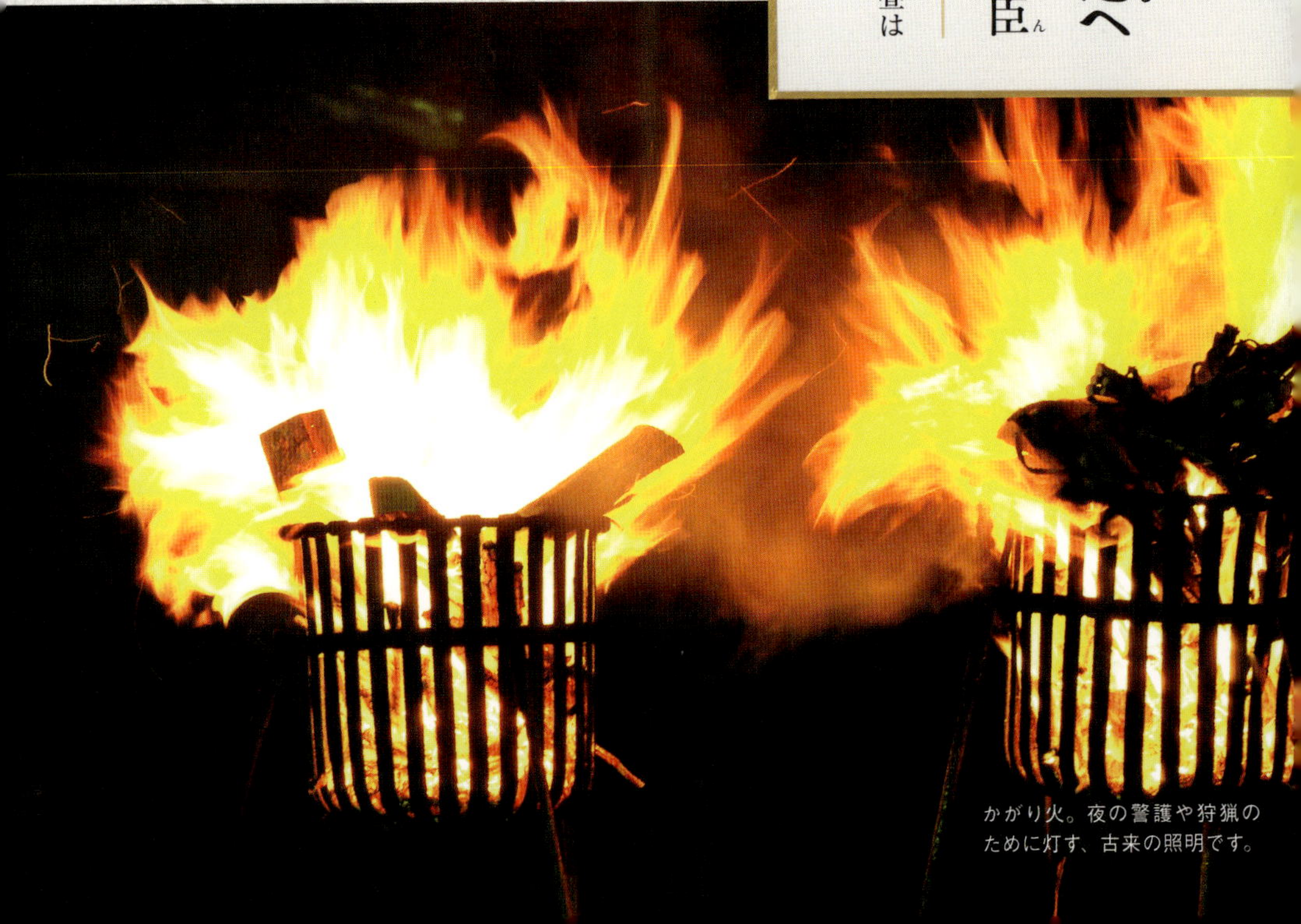

かがり火。夜の警護や狩猟のために灯す、古来の照明です。

君《きみ》がため　惜《お》しからざりし　命《いのち》さへ
長《なが》くもがなと　思《おも》ひけるかな

現代語訳

あなたに会うためなら惜しくないと思っていた命までもが、あなたに会った今では、長くあってほしいと思うようになってしまった。

詠み人　藤原義孝《ふじわらのよしたか》

長生きしたいという願いはかないませんでした

これも女性と初めて一夜を共にした後、翌朝、その女性に贈った後朝《きぬぎぬ》の歌です。
恋する女性とずっと一緒に長生きをしたいと変化した気持ちを詠んでいますが、
藤原義孝は二十一歳という若さで亡くなり、その短い人生を象徴するような歌となりました。
美男子であったようで、歴史物語の『大鏡』ではその容姿が絶賛されています。

『大鏡』では雪が積もった梅の木を手折ろうとした様子が語られています。

かくとだに　えやはいぶきの　さしも草《ぐさ》
さしも知《し》らじな　燃《も》ゆる思《おも》ひを

詠み人
藤原実方朝臣《ふじわらのさねかたあそん》

現代語訳
好きだとこんなにも言えないでいるのだから、あなたは知らないでしょうね。伊吹山のさしも草のように燃え上がるこの思いを。

お灸のように燃える恋

「さしも草」とはヨモギのことで、お灸に使う「もぐさ」の原料でした。自分の心もお灸のように燃えているというこの歌。現代の感覚ではユーモラスなたとえですが、当時としては実感があったのでしょう。伊吹山はさしも草の産地で、近江国《おうみのくに》（滋賀県）という説と、下野国《しもつけのくに》（栃木県）という説があります。

ヨモギからつくられる「もぐさ」は高級品でした。

明《あ》けぬれば　暮《く》るるものとは　知《し》りながら
なほ恨《うら》めしき　朝《あさ》ぼらけかな

詠み人
藤原道信朝臣《ふじわらのみちのぶあそん》

現代語訳
夜は明けても、やがて暮れて、あなたに会えるとは分かっていますが、別れなくてはならないこの夜明けはやはり恨めしいですよ。

すぐに夜は来る、でも待てない

また夜になれば会えるけれど、やはり朝が恨めしいと、別れの辛さを情熱的に訴えた歌です。雪の朝に詠まれたようで、その寒々しい情景を想像すると、痛切な思いがさらに増幅されて伝わってきます。

雪が降った日に女性のもとから帰って詠んだ歌、と序詞にはあります。

嘆《なげ》きつつ　独《ひと》りぬる夜《よ》の　明《あ》くるまは
いかに久《ひさ》しき　ものとかは知《し》る

詠み人　右大将道綱母《うだいしょうみちつなのはは》

現代語訳
あなたが来ないのを嘆きながら、一人孤独に夜を明かす時間がどんなに長く感じるか、あなたには分からないのでしょうね。

忘《わす》れじの　行末《ゆくすえ》までは　かたければ
今日《きょう》を限《かぎ》りの　命《いのち》ともがな

詠み人　儀同三司母《ぎどうさんしのはは》

現代語訳
忘れはしないよ、と言うけれど、ずっと続くとは思えないから、その言葉を聞いて幸せな、今日限りの命であってほしいと思うのです。

『蜻蛉《かげろう》日記』の作者でもあります

当時は一夫多妻制。
作者はいわば第二夫人でした。
久しぶりに作者のもとへ来た夫、
でも彼女は門を開けませんでした。
すると夫は待ちくたびれて
別の女性のところへ行ってしまいます。
その後の何とも言えない寂しい気持ちを、
あなたは知らないでしょうと訴えています。
平安朝の女性にはこういう苦悩もあったのです。

作者は嫌味を込め、枯れた菊の花を添えて送りました。

過激な歌のようにも見えますが

幸せな今のうちに死んでしまいたい、
と少々過激な歌です。
でも当時としては当然の感情なのかもしれません。
平安の男性は次々に相手を変えるのが
当たり前だったからです。
作者の夫、藤原道隆《ふじわらのみちたか》は関白の地位にあり、
プレイボーイでもあったのでなおさらでしょう。
しかし、道隆はこの「忘れじ」を守り続け、
作者は幸せに暮らしたようです。

大納言公任の歌が詠まれた
大覚寺（だいかくじ）。

滝《たき》の音《おと》は　たえて久《ひさ》しく　なりぬれど
名《な》こそ流《なが》れて　なほ聞《き》こえけれ

詠み人　大納言公任《だいなごんきんとう》

現代語訳　滝の水の音が聞こえなくなってもうずいぶん経ってしまったけれど、その評判だけは知れ渡って、今でも聞こえてくるんだなあ。

和歌、漢詩、管弦に優れた「三船《さんせん》の才」

和歌、漢詩、管弦の三つの船を用意し、それぞれに優れた者が乗り、作品を披露する遊びで、どの船に乗るのかと人々が注目したほど、どの芸術も得意だった大納言公任。この出来事から「三船の才」と呼ばれるようになります。滝がなくなっても、その評判は今も伝わっている、この滝のように、自分も後世に名を残したい、という歌で、公任の文化人としての才能は今も伝わっています。

Q 「な」が多いのはなぜ？

A その響きにこだわっているからです。

「なりぬれど」以降に「な」の音を重ねたのは、もちろんその響きにこだわっているからです。「流れ」など、「滝」の縁語が盛り込まれていることと合わせ、この歌が秀歌と言われる理由でもあります。

Q どこの滝で詠まれたの？

A 京都府京都市の大覚寺です。

大覚寺には嵯峨（さが）天皇の離宮があり、かつては優雅な人工の滝があって、滝殿から人々が愛でていました。作者が訪れたときには滝は枯れ果てていましたが、それでも評判が絶えないので、さぞ立派だったに違いないと想像して詠んでいるのです。

大覚寺に現在滝はありませんが、大沢池という池があり、そのほとりには「名古曽（なこそ）の滝跡」の石碑があります。

京都府京都市の新京極通にある誠心院（せいしんいん）。和泉式部が初代住職を務めました。

あらざらむ　この世《よ》のほかの　思《おも》ひ出《で》に
今一《いまひと》たびの　逢《あ》ふこともがな

詠み人
和泉式部《いずみしきぶ》

現代語訳

私はもうすぐ死んでしまうでしょう。だからせめてあの世への思い出に、もう一度あなたにお会いしたいのです。

死ぬ前にもう一度あなたに会いたい
恋多き女性の直球表現

不倫をして夫に離婚され、不倫相手が亡くなるとその弟と恋に落ちるなど恋愛体質で生涯を恋に生きた和泉式部。ですがこの歌では、病床にあって死を感じるなかで、せめてもう一度あなたに会いたいと、ストレートな思いを詠んでいます。感情を直接的に表す表現は当時としては異質で、後の歌人たちに大きな影響を与えました。

Q 和泉式部ってどんな人？

A 「素行には感心できない」との評価も。

仕えていた中宮彰子（しょうし）の父・藤原道長（ふじわらのみちなが）からは「浮かれ女」と評され、また同僚であった紫式部は「恋文や和歌は素晴らしいが、素行には感心できない」と日記に書いています。

Q 『和泉式部日記』はどんな内容？

A 和歌を交えながら恋のエピソードを書いています。

『和泉式部日記』は女流日記文学の代表的作品とされます。敦道（あつみち）親王との馴れ初めから、お互いの愛が深くなり、仕えるようになるまでの心情を描写し、二人の歌のやり取りが多く収められています。

佐賀県嬉野（うれしの）市塩田町は和泉式部が生まれ育った場所とされ、伝説やゆかりの地が多く残っています。写真は和泉式部公園。

Q 当時の歌人の必読書と言えば何？

A　紫式部の『源氏物語』でしょう。

藤原俊成（ふじわらのしゅんぜい）は、歌人なら『源氏物語』を読むべきだと公言しています。『百人一首』には『源氏物語』を踏まえた歌もたくさん集録されています。

紫式部は滋賀県大津市の石山寺（いしやまでら）を参拝中に『源氏物語』を書き始めたとされています。

めぐり逢《あ》ひて　見《み》しやそれとも　わかぬまに
雲《くも》がくれにし　夜《よ》半《わ》の月《つき》かな

詠み人
紫式部《むらさきしきぶ》

現代語訳

久しぶりに会ったのに、今見たのがあなたかどうかはっきりしないうちに、さっさと帰ってしまった。まるで雲の中に隠れた夜中の月のように。

恋の歌のように見えますが、実はガールズトークです

もっと長く会っていたかったという思いは、男性に対するものと受け取ってしまいそうですが、実は、幼なじみに何年かぶりで会ったときの歌です。月と先を争うように帰ってしまった友人。幼なじみの女性同士、おしゃべりを楽しんでいたら、あっという間に時間が過ぎてしまったのでしょう。大げさな表現にも感じられますが、切ない気持ちを強調するためのようです。

シソ科のムラサキシキブの名前は紫式部に由来しています。

Q 「雲がくれ」って何？

A 雲に隠れること、転じて人が死ぬことです。

「雲隠（くもがくれ）」は、『源氏物語』正編の最終巻の名前でもあります。巻名だけが伝えられ、本文は伝わっていません。主人公光源氏の死を象徴していると言われています。

紫式部はこの歌で、月、あるいは幼なじみが「雲がくれ」したことを詠んでいます。

Q 紫式部自身は恋をしたの？

A 結婚は一度だけで、短い期間でした。

男女の華やかな恋愛模様が描かれている『源氏物語』ですが、その作者である紫式部自身が結婚したのは一度だけで、それも数年で夫と死別しています。それ以前に別の男性と結婚していたとか、藤原道長（ふじわらのみちなが）の妾（めかけ）であったという説もあります。

京都府京都市の廬山寺（ろざんじ）は紫式部の邸宅跡として有名です。

有馬山《ありまやま》　ゐなのささ原《はら》　風吹《かぜふ》けば　いでそよ人《ひと》を　忘《わす》れやはする

詠み人　大弐三位《だいにのさんみ》

現代語訳

有馬山から猪名野（いなの）の笹原に風が吹くと、笹の葉がそよそよと鳴る。そうよ、忘れたのはあなたよ。どうして私が忘れたりするでしょうか。

恋の駆け引きの達人のスマートな皮肉

作者は紫式部の娘で、母ゆずりの才能があり、恋愛の駆け引きは母以上だったと言われています。会いにきてくれない恋人から、「あなたの心変わりが心配で」と言われたので、「あなたを忘れるわけがありません」と、皮肉を込めて、しかしスマートに返しています。「そよ」は笹が風にそよそよと揺れる音と、「そうですよ」という相槌の掛詞《かけことば》です。

有馬山は兵庫県神戸市有馬温泉付近の山。写真は有馬四十八滝の1つ、七曲滝（ななまがりたき）の氷瀑。

やすらはで　寝《ね》なましものを　小夜更《さよふ》けて
かたぶくまでの　月《つき》を見《み》しかな

詠み人
赤染衛門《あかぞめえもん》

現代語訳
あなたが来ないと知っていたら、ためらわずに寝てしまったのに。来ると信じて待っていたから、夜も更けて、西の空に傾く月まで見てしまったわ。

相手を責めていないからこそ待つ身の辛さが伝わってきます

赤染衛門が妹に代わって詠んだ歌で、相手はプレイボーイの藤原道隆《ふじわらのみちたか》でした。待ちぼうけに慣れて、相手を責めるのでもなく、そんな男に恋してしまったのだから仕方ないと、諦めているような雰囲気もあります。月が西に傾いてしまえば、まもなく夜が明けるので、もう男性が訪れることはない。それをただ残念に思う気持ちが表れています。

才女であった赤染衛門は息子が病気に倒れた際、和歌を住吉大社に奉納しました。写真は大阪府大阪市の住吉大社。

現在の表記は天橋立（あまのはしだて）。京都府宮津（みやづ）市の宮津湾と内海の阿蘇海（あそかい）を南北に隔てる全長 3.6 キロメートルの湾口砂州（わんこうさす）。

大江山《おおえやま》　生野《いくの》の道《みち》の　遠《とお》ければ　まだふみも見《み》ず　天《あま》の橋立《はしだて》

詠み人　小式部内侍《こしきぶのないし》

現代語訳
大江山を越えて生野を通る道のりが遠いので、まだ天の橋立の地を踏んでもいないし、母からの手紙も見ていないのです。

とっさの返しで自分の才能を見せつけました

橘道貞《たちばなのみちさだ》と和泉式部《いずみしきぶ》の娘である小式部内侍が詠んだ歌。小式部内侍の歌がうまいのは「母の和泉式部につくってもらっているからだ」とからかわれた際に、即興で歌枕や掛詞を使ったこの歌を詠んで返し、自らの作であることを証明しました。大江山、生野、天の橋立と、歌枕が三つも入っています。

Q 大江山ってどこにあるの？

A 京都府の大枝山《おおえやま》という説が有力です。

京都からの道順を考えると、京都府京都市と亀岡市の間の大枝山であるという説が有力です。ただし、京都府の丹後（たんご）半島にある大江山のことではないかという説もあります。

丹後半島の大江山は雲海の名所として有名です。

百人一首こぼれ話

掛詞《かけことば》って何？

1つの言葉に2つ以上の意味を重ねる技法を掛詞と言います。この歌では「生野」と「まだふみもみず」の部分です。「生野」は地名としての「生野」と「行く」の掛詞に、「まだふみもみず」も「まだ天の橋立の地を踏んでいない」と「まだ文も見ていない」という意味の掛詞になっています。

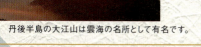

Q 桜で有名な歌を教えて。

「ナラノヤエザクラ」という品種は、この歌に詠まれたおかげで有名になりました。

A

伊勢大輔《いせのたいふ》の歌が有名です。

いにしへの　奈良《なら》の都《みやこ》の　八重《やえ》ざくら
今日九重《きょうここのえ》に　匂《にお》ひぬるかな

詠み人　伊勢大輔《いせのたいふ》

現代語訳

昔栄えた奈良の都で咲いた八重ざくらが、今日はこの平安の宮中で、美しく咲き誇っていますよ。

新米の女性歌人が華々しくデビューを飾りました

代々歌人の家に生まれた作者が、中宮彰子《しょうし》に仕え始めてすぐのこと、奈良の興福寺《こうふくじ》から献上された八重桜を宮中で受け取る大役を任されたとき、藤原道長《ふじわらのみちなが》にうながされ、即興で詠んだ歌です。「いにしえ」と「今日」、「八重」と「九重」の対比など、見事なできばえに貴族たちは驚きました。

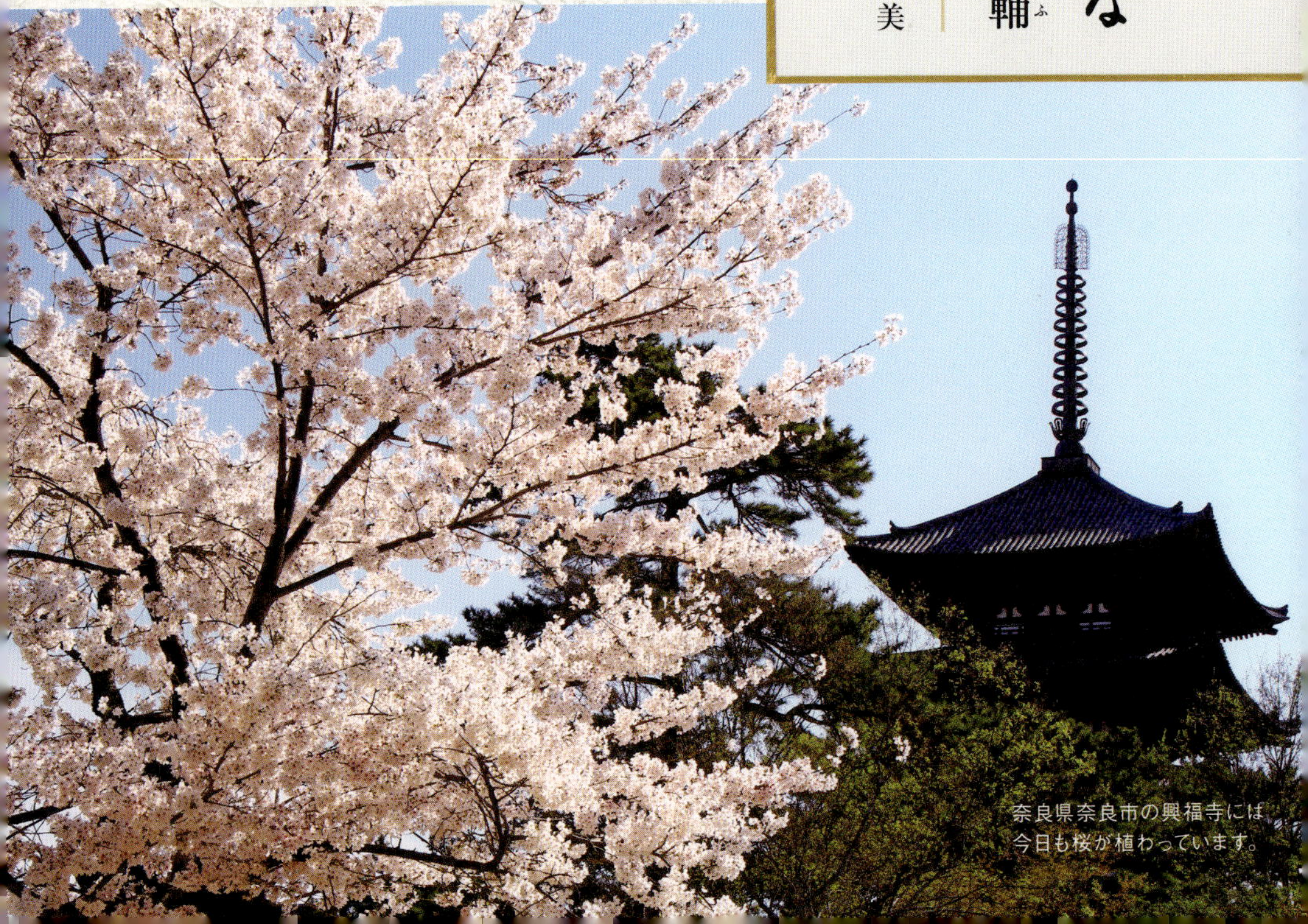

奈良県奈良市の興福寺には今日も桜が植わっています。

Q「九重」って何？

A 宮中のことです。

昔、中国の王城が門を九重につくったところから宮中を「九重」と呼ぶようになりました。この歌では、「八重桜」と対比させると同時に、「ここの辺（ここのあたり）」という掛詞にもなっています。

Q なぜ八重桜が奈良から届いたの？

A 開花時期が遅かったからです。

八重桜の開花時期は4月下旬から5月上旬で、ほかの桜よりやや遅めです。そのため、京都の桜の盛りが過ぎた頃に贈られたのです。

八重桜は奈良県の県花、奈良市の市花にも指定されています。

Q 八重桜ってどんな桜？

A 花弁が六枚以上つく桜の総称です。

さらに細かく分けると、花弁が五枚以下のものを一重咲き、六枚から十五枚程度のものを半八重咲き、二十枚から七十枚程度のものを八重咲き、百枚以上のものを菊咲きと呼びます。

右から一重咲きの河津桜（かわづざくら）、半八重咲きの十月桜（じゅうがつざくら）、菊咲きの兼六園菊桜（けんろくえんきくざくら）。

Q 中国の歴史も和歌に関係あるの？

A 中国故事や漢詩は和歌に大きな影響を与えました。

中国河南省（かなんしょう）にある函谷関（かんこくかん）は、さまざまな中国故事に登場します。『百人一首』でも、清少納言が函谷関の故事にちなんだ歌を詠んでいます。

夜《よ》をこめて　鳥《とり》のそら音《ね》は　はかるとも
よに逢坂《おうさか》の　関《せき》はゆるさじ

詠み人
清少納言《せいしょうなごん》

現代語訳
まだ夜も明けきらないうちに、鶏の鳴きまねでだまそうとして、函谷関は通れても、私たちの間の逢坂の関は通れないですよ。

中国故事を踏まえた知的なやりとり

ある夜、藤原行成《ふじわらのゆきなり》と会っていた清少納言。しかし、行成は午前一時頃に慌てて帰ってしまいます。翌朝、「鶏の声に急き立てられて帰りました」と行成が贈った歌に対し、この歌で返しました。鶏の鳴きまねで朝と勘違いさせ、函谷関を開けさせた『史記』の故事になぞらえた歌なのです。

ここで言う「逢坂の関」は、男女が共に過ごす「逢う」を掛けています。

清少納言と言えば、「春はあけぼの」で始まる『枕草子』が有名です。

Q 清少納言ゆかりの地を教えて。

A 京都府京都市に泉涌寺《せんにゅうじ》があります。

秋の泉涌寺。境内にはこの歌の歌碑もあります。

近くに父・清原元輔（きよはらのもとすけ）の別荘があり、彼女が晩年を過ごしたと言われています。『枕草子』には清水寺や下鴨神社・上賀茂神社をはじめ、現在でも人気スポットがたくさん登場するので、辿ってみるのもオススメです。

Q この二人は恋愛関係だったの？

A そういう噂はなかったようです。

清少納言は一条天皇の一人目の皇后である中宮定子（ていし）の女房として仕え、殿上人（てんじょうびと）と歌の贈答や機知に富んだ応酬を繰り広げました。藤原行成もその一人ですが、恋愛関係の証拠はなく、教養ある者同士の、ユーモアを交えたゲームといった趣が強いようです。「逢坂の関は通れない」という言葉遊びも、「会いにくるのは許さない」とも、逆に「まだ夜も明けないのに帰さない」とも解釈できます。

Q 紫式部とライバルだったってホント？

A 二人をライバルとして見るようになったのは後世になってからです。

紫式部は清少納言の業績を全否定するような言葉を日記に残していますが、清少納言の紫式部評は残っていません。それぞれ皇后に仕えた時期も重なっておらず、面識はなかったものと思われます。

今《いま》はただ 思《おも》ひ絶《た》えなむ とばかりを
人《ひと》づてならで 言《い》ふよしもがな

詠み人

左京大夫道雅《さきょうのだいぶみちまさ》

現代語訳

今となってはもう、あなたへの思いを諦めてしまおう。その一言だけを、伝言ではなく、直接あなたに伝える方法があったらいいのに。

誰にでも恋していいわけではありませんでした

作者は、許されない恋をしました。相手は斎宮《さいぐう》の任を終えたばかりの当子内親王《とうしないしんのう》。しかし、彼女の父である三条院によって二人は引き裂かれてしまいます。「もうあなたのことは諦めます」と直接伝えたい、だけどもう会えないという無念を詠んでいます。三条院の怒りをかった道雅は、不遇な扱いを受け、グレてしまったのか、悪評が絶えませんでした。

斎宮とは伊勢神宮で神に仕えた巫女のこと。写真は伊勢神宮内宮（ないくう）の宇治橋（うじばし）の鳥居。三重県伊勢市にあります。

朝《あさ》ぼらけ　宇《う》治《じ》の川霧《かわぎり》　絶《た》えだえに
あらはれ渡《わた》る　瀬々《せぜ》の網代木《あじろぎ》

詠み人
権中納言定頼《ごんちゅうなごんさだより》

現代語訳
夜がだんだんと明ける頃、宇治川に立ちこめていた霧がとぎれながら晴れ、浅瀬のあちこちに仕掛けた網代木が現れてきたよ。

平安貴族の別荘地で美しい冬の朝を詠みました

宇治は平安貴族の別荘地で、定番の歌枕です。杭を細かく並べ立て、魚を誘い込んで捕る、「網代」という漁法が冬の宇治川の風物詩でした。その立てた杭が一本一本、霧の中から現れてくる、そんな冬の朝の幻想的な風景を詠んだ歌です。宇治は『源氏物語』の「宇治十帖」で有名になり、その美しさを詠んだこの歌も秀歌として評価されました。

現在の京都府宇治川の夜明け。

恨《うら》み詫《わ》び　ほさぬ袖《そで》だに　あるものを
恋《こい》に朽《く》ちなむ　名《な》こそ惜《お》しけれ

現代語訳

あなたを恨む気力もなくなって、涙で乾かない袖が朽ちるのさえ惜しいのに、恋の噂で私の評判まで落ちてしまうのが惜しいのです。

詠み人　相模《さがみ》

相模守《さがみのかみ》の妻だったから「相模」

作者が五十代半ばのとき、歌合《うたあわせ》に参加して詠んだ歌。
若い頃のことを振り返って詠んだものでしょう。
恋多き女性だった相模は、
自分のそのような噂を気にしていたのか、
涙に濡れた袖が
朽ちてしまうほど苦しんだ上に、
自分の評判さえも落ちるのが
残念だと詠んでいます。
作者は相模守の妻だったので、
「相模」と呼ばれていました。

夫と共に相模国に下った相模は、箱根神社に百首歌を奉納しました。

もろともに　あはれと思《おも》へ　山《やま》ざくら
花《はな》よりほかに　知《し》る人《ひと》もなし
詠み人　大僧正行尊《だいそうじょうぎょうそん》
現代語訳

私がおまえを懐かしく思うように、おまえも私を懐かしく思ってくれ、山桜よ。おまえ以外に分かり合えるものはいないのだから。

孤独な山桜に自分を重ねました

作者は十二歳で出家すると十七歳で寺を出て、
修験者《しゅげんじゃ》として山々を巡る修行をしていました。
そんな中、奈良県吉野にある大峰山《おおみねさん》で、
突然出くわした山桜に感動して詠んだ歌です。
人気のない山中でぽつんと咲く桜に、
自身の姿を重ねたのでしょう。
都での華やかな生活を捨て、
孤独な生き方を選んだ行尊。
後に大僧正となりました。

ぽつんと咲く山桜。

春《はる》の夜《よ》の　夢《ゆめ》ばかりなる　手枕《たまくら》に
かひなくたたむ　名《な》こそ惜《お》しけれ

現代語訳

春の夜の夢のような短い間のために出されたあなたの腕枕を借りたら、つまらない噂がたってしまうから悔しいわ。

詠み人　周防内侍《すおうのないし》

軽い男をスマートにあしらいました

何人かで夜更かしをして語り合っていたときに眠くなった作者が「枕がほしい」ともらすと、藤原忠家《ふじわらのただいえ》が御簾《みす》の下から「これを枕にどうぞ」と手を差し出してきました。

それをスマートにあしらった歌です。

「春の夜の夢」は短いもの、はかないもののたとえです。

機知に富んだ大人のゲームという趣もあります。

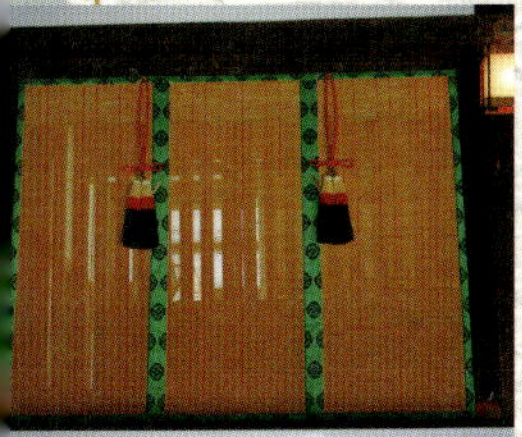
御簾とは、宮殿や神社に掛けるすだれのことです。

心《こころ》にも　あらで憂《う》き世《よ》に　ながらへば
恋《こい》しかるべき　夜半《よわ》の月《つき》かな

現代語訳

自分の本心ではないままに、辛いこの世に生き長らえるとしたら、きっと恋しく思い出すに違いない、この美しい夜中の月を。

詠み人　三条院《さんじょういん》

退位の翌年、崩御しました

藤原道長《ふじわらのみちなが》は、自分の孫を天皇にするため、作者に退位を迫りました。

絶大な権力を持つ道長に対抗するすべもなく、とうとう退位を決意した三条院は、天皇として見る最後の月を、歌に詠みました。

眼病で視力が失われつつあったこともあり、もう月を見ることができないかもしれない、という悲哀の思いも詠み込んでいます。

嵐《あらし》ふく　三室《みむろ》の山《やま》の　もみぢ葉《ば》は
龍田《たつた》の川《かわ》の　錦《にしき》なりけり

詠み人
能因法師《のういんほうし》

現代語訳
激しい山風で吹き散らされた三室の山の紅葉が、龍田川の水面を埋め尽くして、まるで錦の織物のようだなあ。

実際にはあり得ない景色を想像力豊かに詠みました

作者は、歌枕に非常に精通していて、この歌にも三室山と龍田川の、二つの歌枕を詠み込みました。どちらも大和国《やまとのくに》にあり、現在は紅葉の名所として知られています。三室山の紅葉が風で散らされ、龍田川を流れる情景を想像で詠んだのですが、龍田川沿いにも紅葉があると誤解が生じたので、江戸時代になってから紅葉が植えられました。

奈良県斑鳩（いかるが）町の竜田公園では、三室山と龍田川の両方の紅葉が楽しめます。

寂《さび》しさに　宿《やど》を立《た》ち出《い》でて　眺《なが》むれば
いづこも同《おな》じ　秋《あき》の夕暮《ゆうぐれ》

詠み人
良暹法師《りょうぜんほうし》

現代語訳
あまりにも寂しくて、家から出てあたりを眺めてみたら、どこもかしこもみな同じように寂しい秋の夕暮だなあ。

秋の夕暮が寂しいと日本で初めて詠んだ歌です

比叡山《ひえいざん》の僧侶だった作者が、大原の里に隠棲《いんせい》した頃に詠まれた歌です。自分から移り住んだとはいえ、一人で暮らす寂しさは、想像以上だったのでしょう。意外なことに「秋の夕暮」が寂しいと詠んだのは、この歌が最初でした。それ以前の人々は秋をどう感じていたのでしょうか。ちなみに「宿」は旅館ではなく、自宅のことです。

京都府大原の里の秋。

写真は岐阜県大野郡の白川郷に実る秋の稲穂。

夕《ゆう》されば　門田《かどた》の稲葉《いなば》　おとづれて
葦《あし》のまろやに　秋風《あきかぜ》ぞ吹《ふ》く

詠み人
大納言経信《だいなごんつねのぶ》

現代語訳
夕方になると、家の前の田んぼにやってきた秋風が、稲の葉を揺らして音を立て、私がいるこの田舎家にも吹き渡ってくるよ。

目で見て、耳で聞いて、肌で感じたさわやかな秋の風景歌

田舎の広々とした田で揺れている稲穂（視覚）、その稲が風に吹かれて出す葉音（聴覚）、肌をなでていく秋の風（触覚）。人間が五感で感じるさわやかな秋の訪れを、シンプルに、かつ立体的に表現しています。実際にこの歌が詠まれたのは立派な山荘で、「葦のまろや（葦でつくった粗末な家）」とはほど遠かったそうです。

Q「門田」って何？

A「別荘の門前に広がる田んぼ」という意味です。

「夕されば」と「門田」は『万葉集』の時代から和歌でよく使われる言葉ですが、作者はそういったありきたりな言葉を使いこなして、逆に新鮮味のある歌をつくりました。「葦のまろや」や「稲葉」も同様です。

Q 大納言経信ゆかりの地を教えて。

A 京都府京都市に梅宮大社があります。

作者は梅津に建てた別荘でこの歌を詠みました。現在の梅津には、酒造りと安産の神様として有名な梅宮大社があります。

梅の花が咲く梅宮大社。

高師浜（たかしのはま）は、現在の大阪府堺市浜寺から高石市のあたりで、今は工業地帯になっています。

音《おと》に聞《き》く 高師《たかし》の浜《はま》の あだ浪《なみ》は かけじや袖《そで》の ぬれもこそすれ

詠み人　祐子内親王家紀伊《ゆうしないしんのうけのきい》

現代語訳　噂に聞く高師の浜で、打ち寄せる波にかからないようにしましょう。むやみに袖を濡らすことになると困るから。

軽い男にはだまされないぞ、と詠んだ作者は七十歳

男女による歌の勝負「艶書合《えんしょあわせ》」で詠まれた歌です。若き貴公子である中納言藤原俊忠《ちゅうなごんふじわらのとしただ》が、「波が寄るように恋心を打ち明けたい」と詠んだのに対し、その誘いをきっぱり断るこの歌を返しました。結果は作者の勝利。このとき七十歳でした。掛詞《かけことば》、縁語《えんご》を駆使した巧みさも、男女の心の機微に関しても、まさに年の功でした。

Q 俊忠の贈歌はどんな歌？

A 「人しれぬ 思ひありその 浦風に 浪のよるこそ いはまほしけれ」。

「人知れぬ私の恋心を、荒磯の浦風で波が寄るように、夜になったらあなたに打ち明けたい」という意味です。この贈歌と対比すれば、紀伊の歌の巧みさや面白さがよく分かります。

荒磯に打ち寄せる波。

百人一首こぼれ話

縁語《えんご》って何？

特定の言葉と関係の深い言葉のことを縁語と言います。歌の世界観に深みを与えるために使われます。この歌では「浜、浪、ぬれ」が縁語です。また、これらの縁語は、藤原俊忠の歌に出てくる「浦、浪、よる」と対になっています。

高砂《たかさご》の　尾《お》の上《え》の桜《さくら》　咲《さ》きにけり
外山《とやま》の霞《かすみ》　たたずもあらなむ

詠み人　権中納言匡房《ごんちゅうなごんまさふさ》

現代語訳　遠くの高い山の頂きに桜が咲いたなあ。里山の霞よ、どうか立たないでおくれ。桜が見えなくなってしまうから。

漢詩的な堂々たる描写

作者の本名は大江《おおえの》匡房。代々続く漢学者の家系です。はるか遠くの山に咲く桜と、近くの里山に立つ霞を対比させ、立体的に描いている点が漢詩的だと評されています。細かい技巧は使っておらず、美しくうららかな春の景色を、分かりやすく、堂々と詠んでいます。

山の頂きに咲く桜。

うかりける　人《ひと》を初瀬《はつせ》の　山《やま》おろしよ
はげしかれとは　祈《いの》らぬものを

詠み人　源俊頼朝臣《みなもとのとしよりあそん》

現代語訳　冷たいあの人が私になびくようにと祈ったのだ。初瀬に吹く山おろしの風よ、おまえのように冷たくなれとは祈らなかったでしょう。

有名な歌人でも恋はままならず

「初瀬」とは初瀬の観音、つまり長谷寺《はせでら》のこと。作者はその長谷寺を参拝し、冷たいあの人が振り向いてくれるように、と願をかけました。けれども初瀬の山風は冷たく吹きつけ、相手もますます冷たくなってしまいます。俊頼は歌人として一世を風靡した人ですが、この恋は思い通りにはいきませんでした。

奈良県桜井市の長谷寺・五重塔。

契《ちぎ》りおきし　させもが露《つゆ》を　命《いのち》にて
あはれ今年《ことし》の　秋《あき》もいぬめり

詠み人　藤原基俊《ふじわらのもととし》

現代語訳　あなたが約束してくださった言葉を信じていたのに、その願いもかなわず、ああ、今年の秋もむなしく過ぎていくようです。

一見、恋の歌のようですが……

作者は興福寺《こうふくじ》の僧侶である息子の光覚《こうかく》を名誉ある「維摩会《ゆいまえ》」の講師に選んでくれるよう、ときの関白・藤原忠通《ふじわらのただみち》に頼みました。

忠道が「頼りなさい」と言ったので、その言葉を信じて待っていましたが、その年も選考に漏れてしまい、皮肉と恨みを込めてこの歌を詠みました。

その事情を知らなければ、これは恋の歌。恋の歌を装ってグチったのかもしれません。

奈良県奈良市の興福寺・南円堂。

わたの原《はら》　漕《こ》ぎ出《い》でて見《み》れば　久方《ひさかた》の
雲居《くもい》にまがふ　沖《おき》つ白浪《しらなみ》

詠み人　法性寺入道前関白太政大臣《ほっしょうじにゅうどうさきのかんぱくだいじょうだいじん》

現代語訳　大海原に船を漕ぎ出して眺めると、はるか遠くの沖に、雲と見間違えるほど大きな白波が立っているよ。

地位にふさわしい雄大な歌

長い名前ですが、本名は藤原忠通《ふじわらのただみち》。鳥羽《とば》天皇から四代に渡り関白を務めた忠通が、「海上遠望」というお題で詠んだ歌です。

空と海が遠くで一つに溶け合うような雄大な風景を描いています。

堂々と自然を歌い上げた、風格ある描写は、地位が高い人の歌の特徴です。

沖で空と海が交わる水平線。

Q 怨《おん》霊《りょう》になった人の歌もあるってホント？

京都府京都市にある白峯神宮。

A 「瀬を早み」の歌を詠んだ崇徳院《すとくいん》は日本三大怨霊として有名です。

怨霊として長く恐れられていた崇徳院ですが、一八六八年、明治天皇が即位の際にその御霊を京都に帰還させました。その後、白峯（しらみね）神宮を創建し、まつっています。

ちなみに、日本三大怨霊の残り二人は、菅原道真と平将門です。

瀬《せ》を早《はや》み　岩《いわ》にせかるる　滝川《たきがわ》の
われても末《すえ》に　逢《あ》はむとぞ思《おも》ふ

詠み人　崇徳院《すとくいん》

現代語訳

川の流れが早いので、岩に当たった急流が二つに分かれている。しかし、下流で再び一つになるように、今は別れても、きっとまた逢おうと思う。

必ず帰るという決意もかなわず怨霊として恐れられました

崇徳院は二十二歳で譲位して上皇となり、それからは和歌の世界に没頭していました。

しかし、保元《ほうげん》の乱（一一五六年）に敗れ、讃岐国《さぬきのくに》に流されて、帰京できないまま、その地で崩御します。

この歌は、引き離された恋人といつか一緒になる、という情熱あふれる歌のように見えますが、帰京を果たす決意を詠んでいるようにも見えます。

2つに分かれた川が合流する滝。写真は京都府宮津市の金引（かなびき）の滝。

Q「瀬を早み」ってどんな意味？

A「流れが早いので」という意味です。

川の流れが早く、岩にせき止められて二つに分かれる急流の情景を歌っています。そこに島流しにあった崇徳院の境遇も重なります。

Q 保元の乱ってどんな戦い？

A 崇徳院と後白河《ごしらかわ》天皇が争った政変です。

鳥羽法皇（とばほうおう）の死後、崇徳院は藤原頼長（よりなが）らとともに、後白河天皇・藤原忠通（ただみち）らと戦います。しかし、わずか四時間で破れ、国を傾けようとした罪で、讃岐国に配流（はいる）されてしまいました。天皇あるいは上皇の配流は、およそ四百年ぶりの出来事でした。

香川県坂出市には、崇徳院のお墓、白峰陵（しらみねのみささぎ）があります。四国で唯一の天皇陵でもあります。

Q どうして怨霊になったと言われているの？

A 崇徳院の死後、社会が不安定になったからです。

一一七七年に安元の大火、鹿ヶ谷（ししがたに）の陰謀などが起こり、社会が不安定になると、崇徳院と藤原頼長の怨霊のせいではないかと言われるようになりました。江戸時代の『雨月物語』『椿説弓張月（ちんせつゆみはりづき）』などでも崇徳院は怨霊として描かれています。

京都府京都市には崇徳天皇御廟があります。こちらは慰霊のための碑です。

兵庫県神戸市須磨区の海岸。瀬戸内海を臨む景勝地です。

淡路島《あわじしま》　かよふ千鳥《ちどり》の　鳴《な》く声《こえ》に
いくよ寝覚《ねざ》めぬ　須磨《すま》の関守《せきもり》

詠み人　**源兼昌《みなもとのかねまさ》**

現代語訳

淡路島から海を渡ってくる千鳥の悲しい鳴き声を聞いて、何度目を覚ましたことだろうか、須磨の関所の番人は。

千鳥の鳴き声が募らせる 耐えきれない冬の寂しさ

千鳥は恋しい人を思って鳴く、とされており、冬の風物詩として歌に詠まれます。

須磨にはかつて関所があり、罪人の流刑地でもありました。

海を隔てた淡路島から渡ってくる千鳥の声に、関所を守る孤独な番人が目を覚まします。

離れた恋人のことを思ったかもしれません。

寂しい冬の哀愁がどっぷりと漂ってきます。

Q 千鳥ってどんな鳥？

A 野山や海にいる小鳥のことです。

日本では、古来たくさんの鳥を総称して「千鳥」と呼んでいました。そのため、現在のチドリ科の鳥と常に一致するとは限りません。

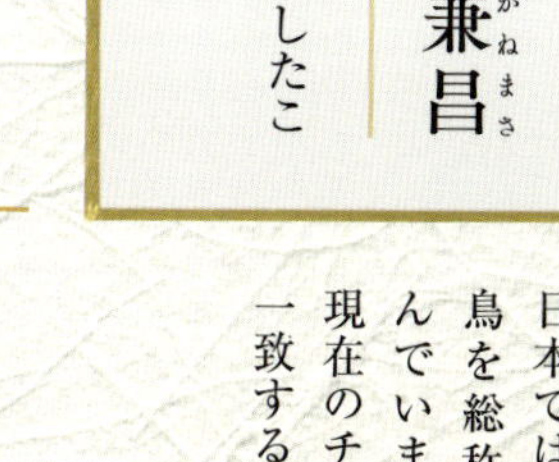

海上を飛ぶチドリ。

Q この歌をもっと教えて！

A 作者の意図はともかく、選者の藤原定家《ふじわらのていか》は『源氏物語』がモチーフであると意識していました。

『源氏物語』には、光源氏が須磨の侘び住まいで寂しい日々を送る、「須磨」という巻があります。作者がそれを踏まえていたかどうかは定かではありませんが、選者である定家は『源氏物語』を愛好しており、それを意識してこの歌を高く評価したと思われます。

秋風《あきかぜ》に　たなびく雲《くも》の　絶《た》え間《ま》より
もれ出《い》づる月《つき》の　影《かげ》のさやけさ

詠み人

左《さ》京《きょうの》大《だい》夫《ぶ》顕《あき》輔《すけ》

現代語訳

秋風に吹かれてたなびいている雲の切れ間から、こぼれてくる月の光は、なんと澄み切っているのだろう。

雲間から見え隠れする月にも美しさを見出しました

自然の美しさを写実的に描写した歌です。名月の晩は快晴であってほしいものですが、作者は、雲が出ていても、その切れ間から見え隠れする月の、光がこぼれる瞬間に美しさを見出しています。「さやけさ」は深く澄み切っていること。晴れた空以上に、冴《さ》えた月の光が際立つような独特の細やかな美意識が感じられます。

京都府京都市の大覚寺（だいかくじ）では、毎年、中秋の名月を楽しむ「観月会（かんげつかい）」が開かれます。

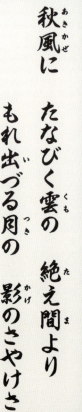

ながからむ　心《こころ》も知《し》らず　黒髪《くろかみ》の
乱《みだ》れてけさは　ものをこそ思《おも》へ

詠み人

待賢門院堀河《たいけんもんいんほりかわ》

現代語訳

私の長い髪のように長く続く愛かもしれないけれど、あなたが帰った今朝の私の心は、この黒髪の乱れのように、もの思いで乱れております。

「黒髪の乱れ」は寝癖ではなく、男女が共に寝ることです

共に一夜を過ごした男性が翌朝女性に贈った歌の、返歌として詠まれた歌です。「黒髪の乱れ」は男女が一緒に寝たことを表わし、逢瀬《おうせ》の艶《なま》めかしさが漂ってきます。一夫多妻制の当時、一夜を共に過ごしても、次にいつ男性が来てくれるのかは分からず、女性はただ待つしかありませんでした。そんな女性の乱れる恋心を詠んでいるのです。

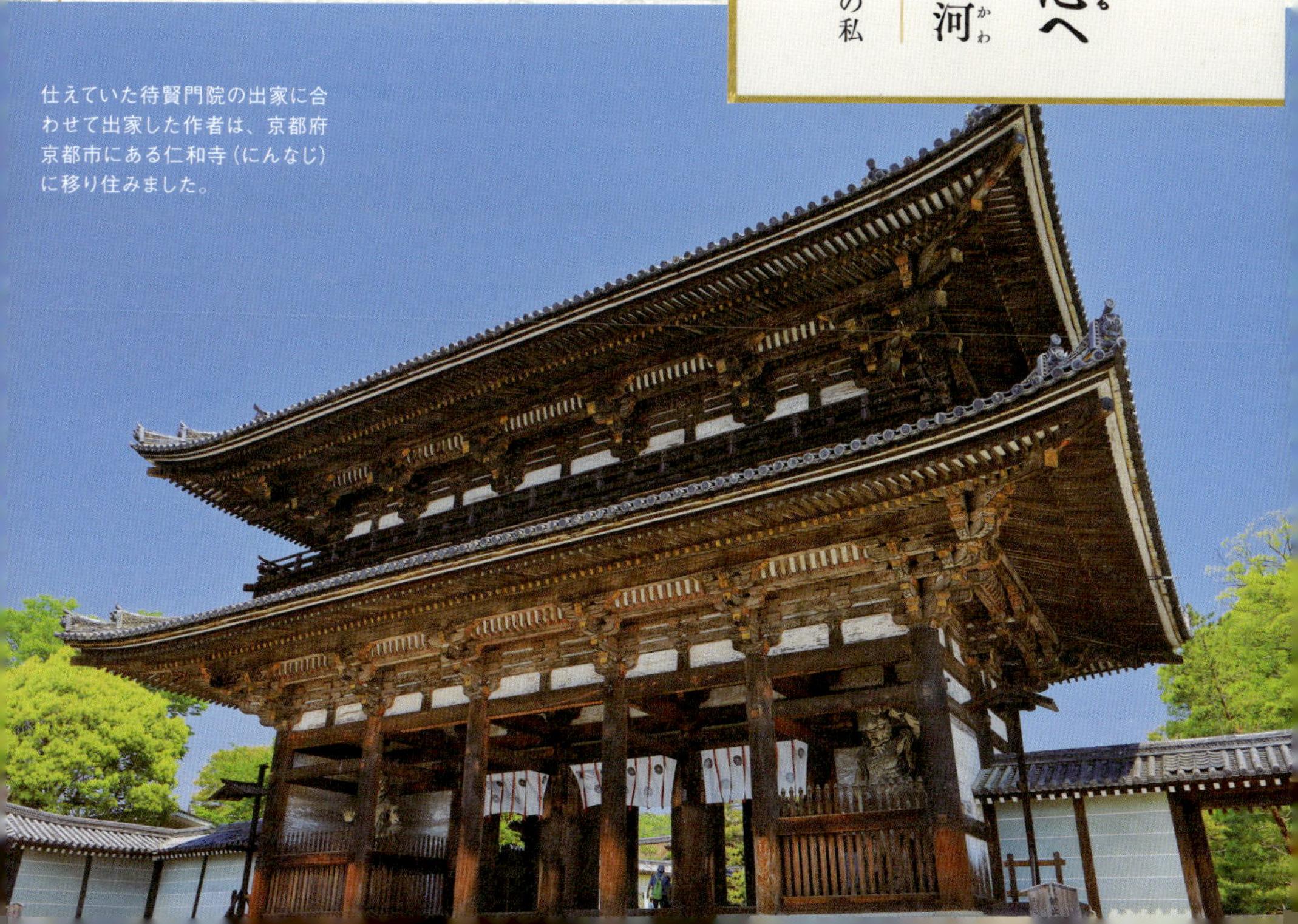

仕えていた待賢門院の出家に合わせて出家した作者は、京都府京都市にある仁和寺（にんなじ）に移り住みました。

ほととぎす　鳴《な》きつる方《かた》を　眺《なが》むれば
ただ有明《ありあけ》の　月《つき》ぞ残《のこ》れる

詠み人
後徳大寺左大臣《ごとくだいじのさだいじん》

現代語訳
ホトトギスが鳴いた方角を見ると、そこにホトトギスの姿はもうなくて、ただ有明の月が残っているだけだったよ。

ホトトギスの声を聞くために徹夜で待ちました

平安貴族は夏の風物詩としてホトトギスを愛しました。ホトトギスの初音《はつね》を誰よりも早く聞こうと、夜を徹して待つ話が『枕草子』にもあります。この歌でもホトトギスの声は重要なのですが、次の瞬間に目で見た「有明の月」を詠んだことで、聴覚と視覚を通して夏の風情を伝える、とても新鮮味のある歌になっているのです。

ホトトギスはカッコウ目、カッコウ科の鳥。

思《おも》ひわび　さても命《いのち》は　あるものを
憂《う》きに堪《た》へぬは　涙《なみだ》なりけり

詠み人
道因法師《どういんほうし》

現代語訳

辛い恋に悩んで、死んでしまうような思いをして、それでも命だけは持ちこたえているのに、辛さに耐えきれなくて流れ落ちるのは涙なのです。

九十歳でも歌合《うたあわせ》に参加 出家しても歌に執心しました

道因法師は生涯、歌を詠むことに情熱を注ぎました。八十歳を超えて出家しますが、その歳になっても、よい歌が詠めるようにと住吉大社《すみよしたいしゃ》に毎月参拝し、九十歳になっても歌合に参加していました。この歌は若い頃のものではないですが、若き日の辛い恋を思って泣いたのでしょうか、それともまだ恋をしていたのでしょうか。道因法師の人生を象徴する歌のようにも見えます。

大阪府大阪市の住吉大社は海上交通の守り神であり、和歌の神様でもありました。写真は住吉大社の境内。

Q 和歌にも家系ってあるの？

A 歌道の家筋に「御《み》子《こ》左《ひだり》家《け》」がありました。

『百人一首』をつくった藤原定家（ふじわらのていか）とその父、藤原俊成（ふじわらのしゅんぜい）が確立した歌道の大家です。

藤原俊成が創建した八百富（やおとみ）神社は、愛知県蒲郡（がまごおり）市の竹島にあります。

世《よ》の中《なか》よ　道《みち》こそなけれ　思《おも》ひ入《い》る
山《やま》の奥《おく》にも　鹿《しか》ぞなくなる

詠み人
皇太后宮大夫俊成《こうたいごうぐうのだいぶしゅんぜい》

現代語訳
世の中というのは、辛さから逃れる道がないのだなあ。深く思い悩んで入った山奥でさえ、鹿が悲しげに鳴いているようだ。

山奥で鹿の声を聞いて、出家を踏みとどまりました

作者の本名は藤原俊成《ふじわらのしゅんぜい》、『百人一首』の選者である藤原定家《ふじわらのていか》の父です。彼が二十代の頃、西行法師《さいぎょうほうし》など、多くの知り合いが世をはかなんで出家しました。自分も出家しようかと悩みながら分け入った山で、鹿がもの悲しく鳴いているのを聞き、山奥の鹿でさえ辛いことから逃れることなどできないのだと悟り、俗世《ぞくせ》を生きる決心をしたのです。

愛知県蒲郡（がまごおり）市にある八百富（やおとみ）神社の境内。日本七弁天の1つでもあります。

鹿は秋になると鳴くので、秋の和歌によく登場します。

Q 鹿と紅葉はセットなの？

A 取り合わせがよい物のたとえにもなっています。

花札には十月の絵柄として「紅葉に鹿」の札があり、秋を代表する組み合わせと言ってよいでしょう。これは『百人一首』の猿丸大夫（さるまるたいふ）の歌が元になっているという説もあります。鹿肉を「もみじ」と呼ぶのも、この絵柄に由来します。

Q もし藤原俊成が出家していたら？

A 『百人一首』は生まれなかったかもしれません。

この歌を詠んだ当時、俊成はまだ二十代後半。位階が上がらないなど不遇な状況でした。もしこのときに出家していたら定家は生まれず、『百人一首』がつくられることもなかったでしょう。

Q 藤原俊成ってどんな人？

A 『千載《せんざい》和歌集』の選者でもあります。

出家を思い直した俊成は、後に歌壇の指導者となって、公卿（くぎょう）の地位に昇り、歌道の家である「御子左家（みこひだりけ）」を確立します。六十歳を過ぎて病に侵されたのを機に出家しますが、その後も歌壇の師として活躍し、『千載和歌集』の選者となりました。

ながらへば　またこのごろや　しのばれむ
憂《う》しと見《み》し世《よ》ぞ　今《いま》は恋《こい》しき

詠み人
藤原清輔朝臣《ふじわらのきよすけあそん》

現代語訳
もしこの世に生き長らえるとしたら、今のことを懐かしく思い出すのだろうか。あんなに辛かった過去も、今となっては懐かしく思えるのだから。

いつかは懐かしく思えるよ 現代人も共感できる応援歌

辛いと思っていた頃のことでさえ、今では恋しく思えるのだから、長生きすれば今の辛さもそう思えるだろうと現代にも通じるような歌です。

藤原清輔が辛かった時期というのは、父との間がうまくいかず悩んでいた三十歳前、あるいは昇進の問題などで悩んでいた六十歳前、伝本によって二つの説があります。

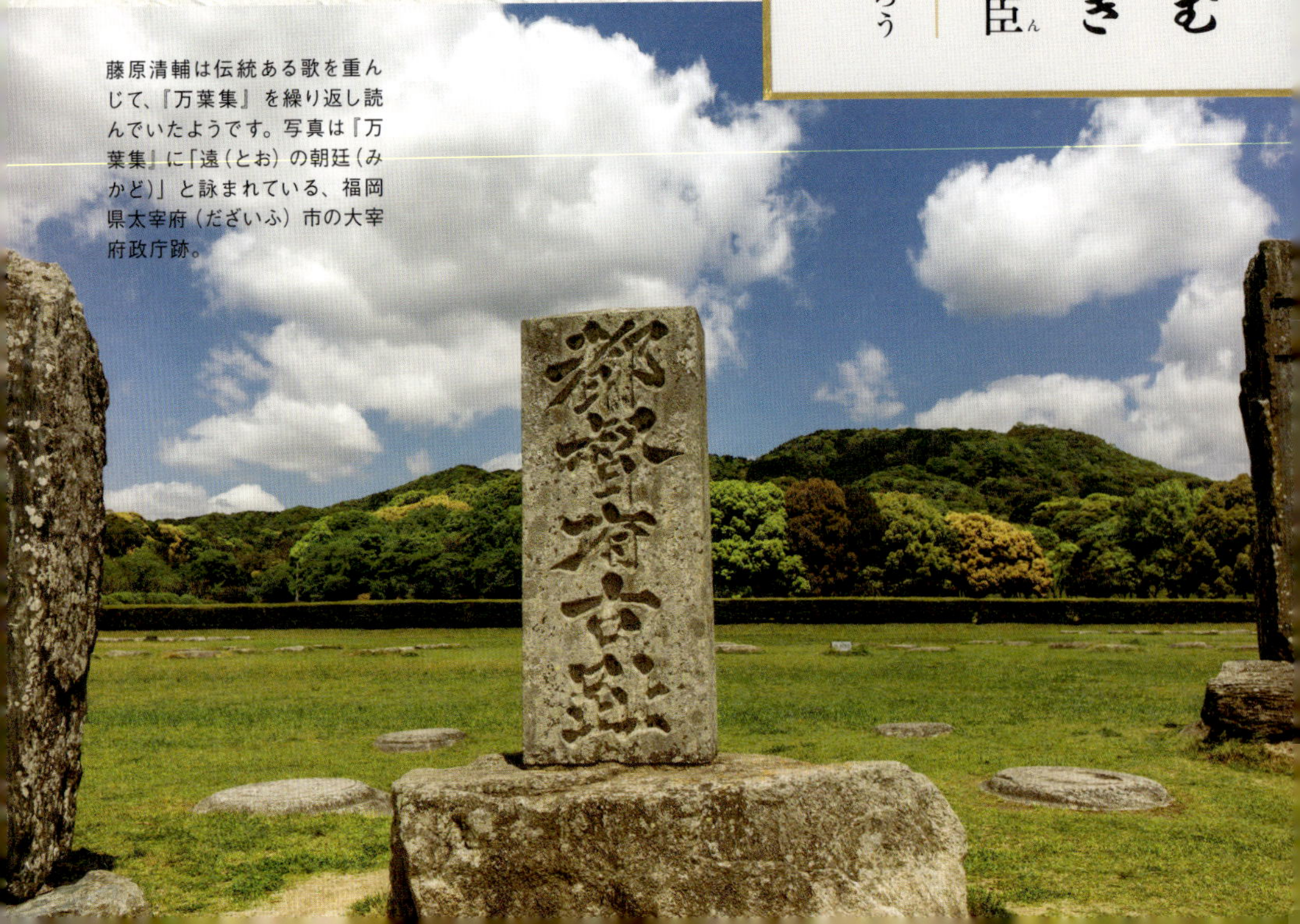

藤原清輔は伝統ある歌を重んじて、『万葉集』を繰り返し読んでいたようです。写真は『万葉集』に「遠（とお）の朝廷（みかど）」と詠まれている、福岡県太宰府（だざいふ）市の大宰府政庁跡。

夜《よ》もすがら　もの思《おも》ふころは　明《あ》けやらで
ねやのひまさへ　つれなかりけり

現代語訳

来ない恋人を夜通し思い続けている近頃は、なかなか夜が明けてくれなくて、寝室の戸の隙間さえ、つれなく思えてくるのです。

詠み人

俊《しゅん》恵《え》法《ほう》師《し》

平安朝の僧侶は女心がよく分かったようです

若くして出家した俊恵法師ですが、男女の機微には通じていたようです。歌合《うたあわせ》の題に合わせて詠んだこの歌は、思いを寄せる男性の冷たさを嘆く、女性の気持ちを想像して詠んだものです。月の光が入ってこないので、寝室のすき間さえ冷淡に感じられるというのは、ほかに類の見当たらない独特の表現です。

俊恵法師は奈良県奈良市の東大寺の僧侶でした。

Q 桜の歌がいっぱいあるけど、当時の桜の名所はどこ？

A 奈良県の吉野山は圧倒的な桜の数で有名です。

歌人の西行法師（さいぎょうほうし）は吉野山の桜を愛し、
「願わくは　花の下にて　春死なん
そのきさらぎの　望月のころ」
という歌まで残しています。

吉野山の千本桜（中千本）。

嘆《なげ》けとて　月《つき》やはものを　思《おも》はする
かこち顔《がお》なる　わが涙《なみだ》かな

詠み人　西行法師《さいぎょうほうし》

現代語訳

「嘆け」と言って、月が私にもの思いをさせるのか、いやそうではない。
月のせいにして流れ落ちてくる私の涙よ。

出家した身であっても歌の世界ではまだ恋しています

作者の出家前の名前は佐藤義清《さとうのりきよ》。
鳥《と》羽《ば》院を警護する役目についていましたが、
二十三歳で突然出家します。
その理由はかなわぬ恋のためでした。
「涙がこぼれるのは月のせいではない」
あえて言うのは、本当は苦しい恋のために流す涙を、
月のせいにしたい気持ちがあったからでしょう。
西行法師は出家後、諸国を旅して歌を残しています。

西行が旅した京都府の鞍馬山（くらまやま）。

大阪府南河内郡の弘川寺には西行堂があります。

Q 西行法師はどれくらい旅を続けたの？

A 死ぬまでほとんどずっと旅をしていました。

出家直後は鞍馬山や吉野山に隠棲（いんせい）し、その後奥羽（おうう）へ旅行、中国・四国にも訪れました。三十二歳からしばらくは高野山（こうやさん）に住み、最終的には今の大阪府にあたる河内国（かわちのくに）の弘川寺（ひろかわでら）で亡くなっています。

Q 願い通り桜の下で死んだの？

A 桜の季節に死んだことは間違いありません。

「できるなら桜の花の下で死にたい」という有名な歌の願いの通り、一一九〇年、陰暦二月十六日（新暦の三月末）に亡くなったとされています。

百人一首こぼれ話

『百人一首』の後半に僧侶歌人が多いわけ

『百人一首』はほぼ歌人の没年順に並んでいますが、後半になると僧侶が多くなります。これは平安時代末期から鎌倉時代にかけて、戦乱や政変が続き、不安定な世の中が続いたからです。その中でも西行をはじめ、能因（のういん）、良暹（りょうぜん）、道因（どういん）、俊恵（しゅんえ）、寂蓮（じゃくれん）らは、もともと貴族や武士でありながら出家した人たちです。このような僧侶歌人が、この時代の文学の担い手となりました。

村雨《むらさめ》の　露《つゆ》もまだひぬ　槙《まき》の葉《は》に
霧立《きりた》ちのぼる　秋《あき》の夕暮《ゆうぐれ》

詠み人　寂蓮法師《じゃくれんほうし》

現代語訳
にわか雨が降った後のしずくも、まだ乾かないで残っている槙の葉に、霧が白く立ちのぼっている秋の夕暮だなあ。

めずらしい題材や表現を使って秋の情景を描きました

秋と言えば紅葉や月を詠むのが一般的ですが、あまり人が詠まない題材を取り上げて、一枚の水墨画のような歌に仕上げています。「槙」とはスギやヒノキなどの常緑樹の総称。秋なのにあえて緑の葉を登場させ、「村雨」「露もまだひぬ」「霧立ちのぼる」など歌にはあまり使われない言葉を使って確かに秋を感じさせる風景を描きました。

霧が立ちこめるヒノキ林。槙は「真木」、つまり「よい木材」という意味合いで、まっすぐに伸びる常緑樹のことをさしています。

難波江《なにわえ》の　あしのかりねの　一夜《ひとよ》ゆゑ　みをつくしてや　恋《こい》わたるべき

詠み人

皇嘉門院別当《こうかもんいんのべっとう》

現代語訳

難波江の葦（あし）の刈り根のような、短い仮寝の一夜を過ごしたために、澪標（みおつくし）のように、身を尽くして、あなたに恋をし続けるのかしら。

遊女が旅人と恋に落ちる　おとぎ話のようなストーリー

遊女が旅人と一夜限りの契りを結んだために、一生忘れられない恋に落ちてしまう。歌合《うたあわせ》の「旅宿逢恋《たびのやどりにあうこい》」というお題で詠まれた歌です。皇嘉門院は悲劇の天皇である崇徳院《すとくいん》の皇后で、作者はその女房たちのまとめ役でした。「別当」というのはその役職の名前です。この歌が百人一首に採用されたのは、崇徳院を想起させるためだったとも考えられます。

「葦の刈り根」とは、刈り取りの後に残った根のこと。難波江は現在の大阪府の入り江で、葦が群生する低湿地だったようです。

Q 『百人一首』は ほかの古典芸能にも影響を与えたの？

A 式子《しょくし》内親王《ないしんのう》と藤原定家《ふじわらのていか》の関係を元にした『定家』という謡曲《ようきょく》（能の演目）があります。

旅の僧侶の前に式子内親王の霊が現れ、定家の執拗な恋心が葛（かずら）になって自分の墓に絡んでいると語ります。定家の執心は僧侶によって成仏します。これが『定家』のあらすじです。

新潟県佐渡島にある大膳（おおぜん）神社の能舞台。佐渡に現存する最古の能舞台で、現在でも能や狂言が上演されています。

玉《たま》の緒《お》よ　たえなば絶《た》えね　ながらへば
忍《しの》ぶることの　弱《よわ》りもぞする

詠み人
式子内親王《しょくしないしんのう》

現代語訳
私の命よ、絶えるなら絶えてしまいなさい。このまま生き続けたら、恋を耐え忍ぶ心が弱まって、この思いがばれてしまうかもしれないから。

恋愛を禁じられた女性が詠んだ情緒的で情熱的な「忍ぶ恋」

作者は後白河《ごしらかわ》院の娘で、賀茂《かも》神社の斎院《さいいん》でした。生涯独身を貫き、晩年は出家しています。そんな恋愛を禁じられた身の女性にも、生きている限り隠していられそうにない、いっそ死んでしまいたいと思うほどの、激しく心を燃やした忍ぶ恋があったのです。この恋の相手とは、『百人一首』の選者である藤原定家《ふじわらのていか》だったのではないかという説があります。

ベンケイソウ科の多肉植物、ミセバヤ。長く垂れた枝の先に花が玉のようにまとまって咲くことから、「玉緒（たまのを）」という別名があります。

Q「斎院」ってどんな人？

A 賀茂神社で神様に仕える女性のことです。

平安時代から鎌倉時代にかけて、京都にある下鴨神社と上賀茂神社の両社で神様に奉仕した女性で、天皇家の未婚の女性から選ばれました。賀茂祭では、その華麗な姿が人気を呼びました。

賀茂祭は、現在も「葵祭（あおいまつり）」と名前を変えて受け継がれています。

Q「玉の緒」って何？

A 命そのものです。

「玉の緒」とは、玉と玉を貫いて結ぶ紐のことですが、ここでは「魂（たましい）の緒」の意で、生命、命そのものをさします。また、「玉の緒の」とすれば、枕詞（まくらことば）になり、「長し」「短し」「絶ゆ」などの語に掛かります。

Q この恋の相手が藤原定家ってホント？

A 定家による虚構の可能性もあります。

謡曲（ようきょく）の『定家』は二人の悲恋を主題としています。定家は高貴な女性との恋愛模様を主題とした『伊勢物語』の世界に憧れていました。そのため、定家自身が式子内親王との恋を虚構として物語に取り入れた、とも考えられています。ただ、二人が近しい関係であったのは確かなようです。

見《み》せばやな　雄島《おじま》のあまの　袖《そで》だにも
濡《ぬ》れにぞ濡《ぬ》れし　色《いろ》はかはらず

詠み人
殷富門院大輔《いんぷもんいんのたいふ》

現代語訳
私の赤く染まった袖を見せたいものだわ。雄島の漁師の袖でさえ、どんなに濡れても色が変わらなかったというのに。

袖の色が変わるほどの「血の涙」

雄島は宮城県の名勝、松島にある小島。雄島を題材にした源重之《みなもとのしげゆき》の歌から本歌取りしたのがこの歌です。報われない恋の、あまりの辛さに血の涙で袖の色が変わったと、凄絶な表現で訴えていますが、血の涙は漢詩に見られる表現でした。重之の歌とこの歌で「雄島のあま」は、新しい歌枕として定着していきます。

雄島のある松島は日本三景の1つです。

きりぎりす　なくや霜夜《しもよ》の　さむしろに
衣《ころも》かたしき　独《ひと》りかも寝《ね》む

詠み人
後京極摂政前太政大臣《ごきょうごくせっしょうさきのだいじょうだいじん》

現代語訳
コオロギが鳴いている霜の夜、粗末で寒いむしろの上に着物の方袖を敷いて、私は独り寂しく寝るのだろうか。

エリートゆえの孤独

「きりぎりす」というのは今で言うコオロギ。当時から「こおろぎ」という言葉もありましたが、鳴く虫の総称で、歌には使われていません。自分の着物の袖を敷いて独りで眠る寂しさを、コオロギの声が増幅させます。作者は当時の関白で、貴族のトップの地位でしたが、この歌を詠む少し前に妻を亡くしています。

草むらから聞こえる虫の声は、現在も秋の風物詩です。

わが袖《そで》は　汐干《しおひ》に見《み》えぬ　沖《おき》の石《いし》の
人《ひと》こそ知《し》らね　乾《かわ》く間《ま》もなし

詠み人　二条院讃岐《にじょういんのさぬき》

現代語訳
潮が引いたときにも隠れて見えない沖の石のように、人は知らないでしょうが、私の袖は涙で乾く暇もないのです。

あだ名は「沖の石の讃岐《さぬき》」

「石に寄せる恋」という題で詠まれた歌です。

干潮時にも隠れて見えない沖の石のように、人は知らないけれど自分は泣いていると訴えています。

「沖の石」は永遠に日の目を見ない秘めた恋も示唆しています。

かなりの難題を見事に詠んだことで、いくつかの場所の「沖の石」が歌枕となり、作者も「沖の石の讃岐」というあだ名がつきました。

干潮時にも水面から現れない海中の石。

世《よ》の中《なか》は　常《つね》にもがもな　渚《なぎさ》こぐ
海士《あま》の小舟《おぶね》の　綱手《つなて》かなしも

詠み人　鎌倉右大臣《かまくらのうだいじん》

現代語訳
世の中はいつまでも変わらず平和であってほしい。漁師が小舟の綱手を引いている光景が、いとおしく、悲しく感じられるなあ。

平和を願ったのに暗殺されます

作者の本名は源実朝《みなもとのさねとも》。

鎌倉幕府を開いた源頼朝《みなもとのよりとも》の息子です。

十二歳で将軍になった実朝は和歌を愛しましたが、身辺には争いが絶えませんでした。

だからこそ平和を願う歌を詠んだのでしょうが、二十八歳のとき、兄・頼家《よりいえ》の子によって暗殺されます。

その人生を象徴するような歌です。

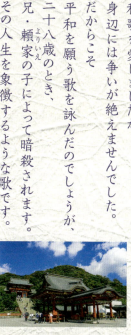

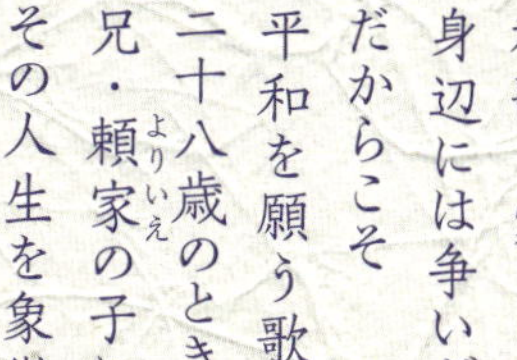

源実朝が暗殺された、神奈川県鎌倉市の鶴岡八幡宮（つるがおかはちまんぐう）。

奈良県吉野郡のみたらい渓谷。春は新緑、秋は紅葉を眺められる、人気のハイキングスポットです。

みよし野《の》の　山《やま》の秋風《あきかぜ》　小《さ》夜《よ》更《ふ》けて　故郷《ふるさと》寒《さむ》く　衣《ころも》うつなり

詠み人　参議雅経《さんぎまさつね》

現代語訳

吉野山に秋風が吹いて、夜が更ける頃、故郷では衣を打つ砧（きぬた）の音が、寒々と聞こえてくる。

山に響く砧の音が寒さと悲しさを増幅させます

「みよし野」は現在の奈良県吉野郡のことで、山深いこの地にはかつて天皇の離宮がありました。「故郷」は吉野の里とも考えられますし、平城京があった奈良に吉野の山から風が吹き下ろしてくる、と解釈することもできます。砧で衣を打つ音が寂しさをより際立たせ、冬が近づいてくる、もの悲しさが伝わってきます。

Q 参議雅経ってどんな人？

A 蹴鞠《けまり》の名門、飛鳥井《あすかい》家を興《おこ》しました。

藤原俊成（ふじわらのしゅんぜい）に和歌を習い、和歌所の役人として、歌の世界でも活躍した雅経。蹴鞠の名手でもあり、後に和歌と蹴鞠の師範の家系となる、飛鳥井家の祖となりました。

Q 「衣うつ」って何をしているの？

A 今で言うアイロンのようなものです。

当時、洗濯した衣服を柔らかくしたり、衣服のシワを取ったりするために、砧という台の上に置き、棒で叩いて伸ばしていました。和歌においては、冬支度を思わせる美的な表現として使われます。

布を置くための砧と、それを叩くための木の棒。

滋賀県大津市の比叡山延暦寺（ひえいざんえんりゃくじ）・東塔。

おほけなく うき世《よ》の民《たみ》に おほふかな わが立《た》つ杣《そま》に 墨染《すみぞ》めの袖《そで》

詠み人

前大僧正慈円《さきのだいそうじょうじえん》

現代語訳

身の程知らずだけれど、辛いこの世を生きる人々に覆いかけるのだ。法師として比叡山に住み始めた、私の墨染めの衣の袖を。

この決意表明の通りに仏教で人々を導きました

十一歳で出家した作者は、後に延暦寺の住職となり、天台座主《てんだいざす》（延暦寺の最高位）まで昇りつめた名僧です。「墨染め」は真っ黒な僧衣のことで、「住み初《そ》め」との掛詞《かけことば》になっており、比叡山に住み始めた頃の歌とされています。戦乱や疫病《えきびょう》、飢饉《ききん》などが続いた混乱の時代にあって、人々を仏教の力で救済したいという、真摯な宗教家としての覚悟を詠んだ歌です。

Q 「おほけなく」ってどういう意味？

A 「身の程知らずにも」という意味です。

慈円は自分の若さや未熟さを十分承知しながら、壮大な決意を述べています。歌語ではない「おほけなく」という言葉に、その謙虚さが表われています。

Q 「わが立つ杣」って何？

A 比叡山のことです。

天台宗（てんだいしゅう）を開いた最澄（さいちょう）が、比叡山延暦寺の根元中堂（こんぽんちゅうどう）建立に際して詠んだ歌に「わが立つ杣」とあったことに由来しています。「杣」は材木を切り出す山のことです。

延暦寺の根本中堂。

京都府の北山の台杉。急な斜面で植林をするために、1つの株から数十本もの幹を育てる、北山林業特有の育林方法。

花《はな》さそふ　あらしの庭《にわ》の　雪《ゆき》ならで
ふりゆくものは　わが身《み》なりけり

詠み人
入道前太政大臣《にゅうどうさきのだいじょうだいじん》

現代語訳
桜を誘って散らす強風が吹く庭で、降っているのは雪のような花びらではなく、本当に古（ふ）っているのは年老いていく私自身なのです。

老いには勝てないと散りゆく桜に自らを重ねる

作者の本名は藤原公経《ふじわらのきんつね》。西園寺公経《さいおんじきんつね》とも呼ばれました。承久の乱（一二二一年）では幕府方につき、再編成された朝廷で、太政大臣となりました。地位も名誉も手に入れた公経でしたが、老境に入り、桜の花びらが散るのを見て、我が身も同じように散りゆく運命なのだと歌っています。動乱の時代を駆け抜け、一時代を築いた人物ならではの人知れぬ感慨があったのかもしれません。

Q どうやって功績を上げたの？

A 後鳥羽院《ごとば》の計画を密かに幕府へ伝えました。

源頼朝（みなもとのよりとも）の姪を妻としていたことから鎌倉幕府と親しく、承久の乱では後鳥羽院によって幽閉されます。しかし、事前に幕府に情報を流しておくことで、乱を失敗に追い込みました。

Q なぜ西園寺と呼ばれたの？

A 西園寺というお寺を建てたからです。

ぜいたくの限りを尽くした公経は、京都の北山に別荘を建てます。これが西園寺で、公経自身のあだ名にもなりました。この豪華なお寺が後の金閣寺です。

京都府の北山はスギの産地としても知られています。

Q『百人一首』には恋の歌はどれくらいあるの？

A 百首中、四十三首が恋の歌です。

数ある恋の歌の最後が、選者である定家自身の歌なのは、何らかのメッセージが込められていたのかもしれません。

テイカカズラ。式子内親王（しょくしないしんのう）への恋心を忘れられなかった定家が、死後、この花に生まれ変わって、彼女の墓にまとわりついたという伝説があります。

来《こ》ぬ人《ひと》を　松帆《まつほ》の浦《うら》の　夕《ゆう》なぎに
焼《や》くや藻塩《もしお》の　身《み》もこがれつつ

詠み人　権中納言定家《ごんちゅうなごんていか》

現代語訳　待っても待っても来ない人を待つ私は、夕なぎの松帆の浦で焼かれている藻塩のように、身も心もあなたに恋いこがれているのです。

『百人一首』の生みの親であり当時を代表する歌人でした

『百人一首』の選者である藤原定家《ふじわらのていか》の歌です。どんなに待ってもやってこない男性に対して、じりじりと身を焦がして待ちつづける気持ちを海藻を焼いて塩をつくる「藻塩」にたとえて女性の立場から詠んでいます。時間が止まったような「夕なぎ」の中で、まさに身を焦がしている風景が浮かびます。

滋賀県大津市にある安楽律院（あんらくりついん）には、定家の碑が残っています。

Q 「松帆の浦」ってどこ？

A 現在の兵庫県淡路島北端の松帆崎のことです。

松帆の浦は一般に淡路島の歌枕とされていますが、用例としては『万葉集』のたった一例だけで、二番目に使ったのがこの歌でした。「待つ」との掛詞にもなっています。

Q 定家にとってはどんな歌だったの？

A 「百番歌合《うたあわせ》」で勝ちを得た歌でした。

この歌は一二一六年の「百番歌合」で詠まれたものです。対戦相手は主催者である順徳院（じゅんとくいん）でした。二十人の歌人が参加し、一人あたり十回対戦する催しで、順徳院はすべての相手に定家を指名。定家の二勝六敗二分という結果でした。数少ない勝ちとなったこの歌を『百人一首』に選んだのは、順徳院との思い出を残したかったからでしょうか。

現在の松帆の浦。淡路島北端にあり、明石海峡に面しています。

百人一首
こぼれ話

『百人一首』成立の謎

『百人一首』の成立にはさまざまな謎があります。かつては、藤原定家が『百人一首』の選者であることに異論もありましたが、有力な史料は現在まで出ていません。成立時期は定家の『明月記(めいげつき)』の記述をもとに、1235年5月27日が記念日として定着しつつあります。ただし、その日に書いたという記述が『百人一首』のことであるとは断定できず、また誰が選んだかも書かれていません。

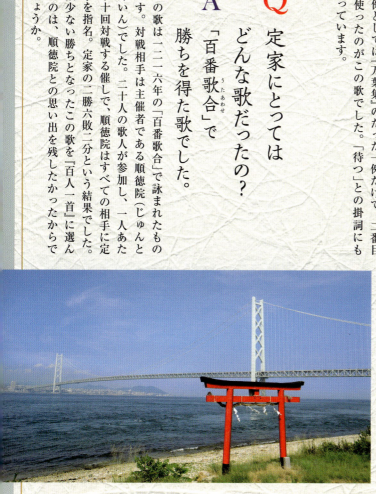

京都府京都市にある上賀茂（かみがも）神社の御手洗川（みたらしがわ）

風《かぜ》そよぐ　ならの小川《おがわ》の　夕《ゆう》ぐれは
みそぎぞ夏《なつ》の　しるしなりける

詠み人

従《じゅう》二《に》位《い》家隆《いえたか》

現代語訳

風がそよそよと楢（なら）の葉に吹く、ならの小川の夕暮は、もう秋のような涼しさだけど、みそぎの行事だけが、まだ夏であることを示しているなあ。

当時の人々にとっては七月から秋でした

作者の本名は藤原家隆《ふじわらのいえたか》。藤原俊成《しゅんぜい》に和歌を学び、藤原定家《ていか》のライバルでした。藤原道家《みちいえ》の娘が後白河《ごしらかわ》天皇に女御《にょうご》として入内《じゅだい》する際、嫁入り道具としてつくった屏風《びょうぶ》に、十二か月の行事を描き、それぞれの場面に歌が添えられました。

この歌はその中の一つで、六月の歌にあたります。

「なら」は奈良ではなく、植物の楢のことで、「ならの小川」は楢の木の下を流れる川をさしています。

Q 「ならの小川」ってどこにあるの？

A 京都府の御手洗川という説があります。

上賀茂神社境内を流れる御手洗川の一部をさすと言われていますが、それは江戸時代に考証が行なわれてからのことで、特定する決定的な証拠はありません。屏風絵に合わせて詠んだ歌であり、家隆が特定の場所を詠んだかどうかも不明です。

Q 「みそぎ」って何？

A 水無月祓《みなづきばらえ》のことです。

水無月祓は旧暦の六月末に行なわれていた、川の水で身を清める行事です。当時、七月一日からは秋と決まっていたので、秋の訪れを告げる涼しい風を感じた作者でしたが、みそぎの姿を見て、まだ夏なのだなと思い直したようです。

上賀茂神社境内にはこの歌の石碑もあります。

人《ひと》もをし　人《ひと》もうらめし　あぢきなく
世《よ》を思《おも》ふ故《ゆゑ》に　もの思《おも》ふ身《み》は

詠み人　後《ご》鳥《と》羽《ば》院《いん》

現代語訳
あるときは人を愛おしく思い、またあるときは恨めしく思う。この世をつまらないものと思うせいで、いろいろと思い悩んでしまうなあ。

幕府に敗れ流刑地《るけいち》で崩御した悲劇の天皇を象徴する歌

君主ならではの孤独な心境や、人間関係の難しさを告白した歌です。

後鳥羽院は、この歌を詠んだ九年後の一二二一年、承久の乱を起こしますが、敗れて隠岐《おき》に配流《はいる》され、京には戻れないまま崩御しています。

彼に才能を認められ、宮廷歌人になった藤原定家《ふじわらのていか》は後鳥羽院の人生を象徴する歌として、この歌を『百人一首』に選んだのでしょう。

後鳥羽院が流された隠岐は、現在の島根県隠岐島（おきのしま）にあたります。隠岐諸島、隠岐群島とも呼ばれています。

百敷《ももしき》や　古《ふる》き軒端《のきば》の　しのぶにも
なほあまりある　昔《むかし》なりけり

詠み人
順徳院《じゅんとくいん》

現代語訳
宮中の古くなった軒の端に「しのぶ草」が生えているのを見ていると、やはり忍んでも忍びきれないほど懐かしい、古き良き時代よ。

そして、平安朝が終わり、武士の時代が始まります

後鳥羽院の子である順徳院は
父とともに承久の乱を起こし敗れると、
佐渡《さど》に配流され、そこで生涯を閉じました。
これは承久の乱の前に詠んだ歌ですが、
武士が台頭してきた時代にあって、
天皇の勢力が強かった昔を懐かしんでいます。
『百人一首』の第一首を詠んだ、
天智《てんじ》天皇の治世を思い返して詠んだともとれます。

「しのぶ草」はシダの一種であるノキシノブの別名。岩や木の上に茂ることが多く、文字通り軒先にも生えます。

おわりに

『世界でいちばん素敵な百人一首の教室』はいかがでしたか。
和歌に秘められた、古代の人々の想いを
感じてもらえたでしょうか。

本書で紹介した『百人一首』の物語は、
まだまだその一部でしかありません。

もし興味のある和歌や歌人を見つけたら、
ほかの文献を読んだり、ゆかりの地を訪ねたりして、
より理解を深めてみてください。

本書が、そんな『百人一首』を巡る旅のきっかけとなれば、
こんなにうれしいことはありません。

秋の常寂光寺（京都府京都市）。『百人一首』が生まれた小倉山荘の候補地の1つです。

監修紹介

吉海直人　よしかい　なおと

同志社女子大学表象文化学部日本語日本文学科教授、公益財団法人小倉百人一首文化財団理事。専門は百人一首、源氏物語などの平安文学で、百人一首の研究の第一人者。著書に『百人一首の正体』（角川ソフィア文庫）、監修に『別冊太陽　百人一首への招待』（平凡社）、『みんなで遊ぼう!!　百人一首大図鑑』（国土社）など多数。

主な参考文献

『暗誦　百人一首』吉海直人監修　永岡書店
『新編　和歌の解釈と鑑賞事典』井上宗雄、武川忠一編　笠間書院
『ゼロからわかる!　図説　百人一首』学研パブリッシング編　学研マーケティング
『超訳マンガ　百人一首物語　全首収録版』学研プラス編　学研プラス
『百人一首大辞典』吉海直人監修　あかね書房
『百人一首の正体』吉海直人著　角川ソフィア文語
『別冊太陽　百人一首への招待』吉海直人監修　平凡社
『みんなで遊ぼう!!　百人一首大図鑑』吉海直人監修　国土社

紹介した内容の中には、諸説あるものもあります。

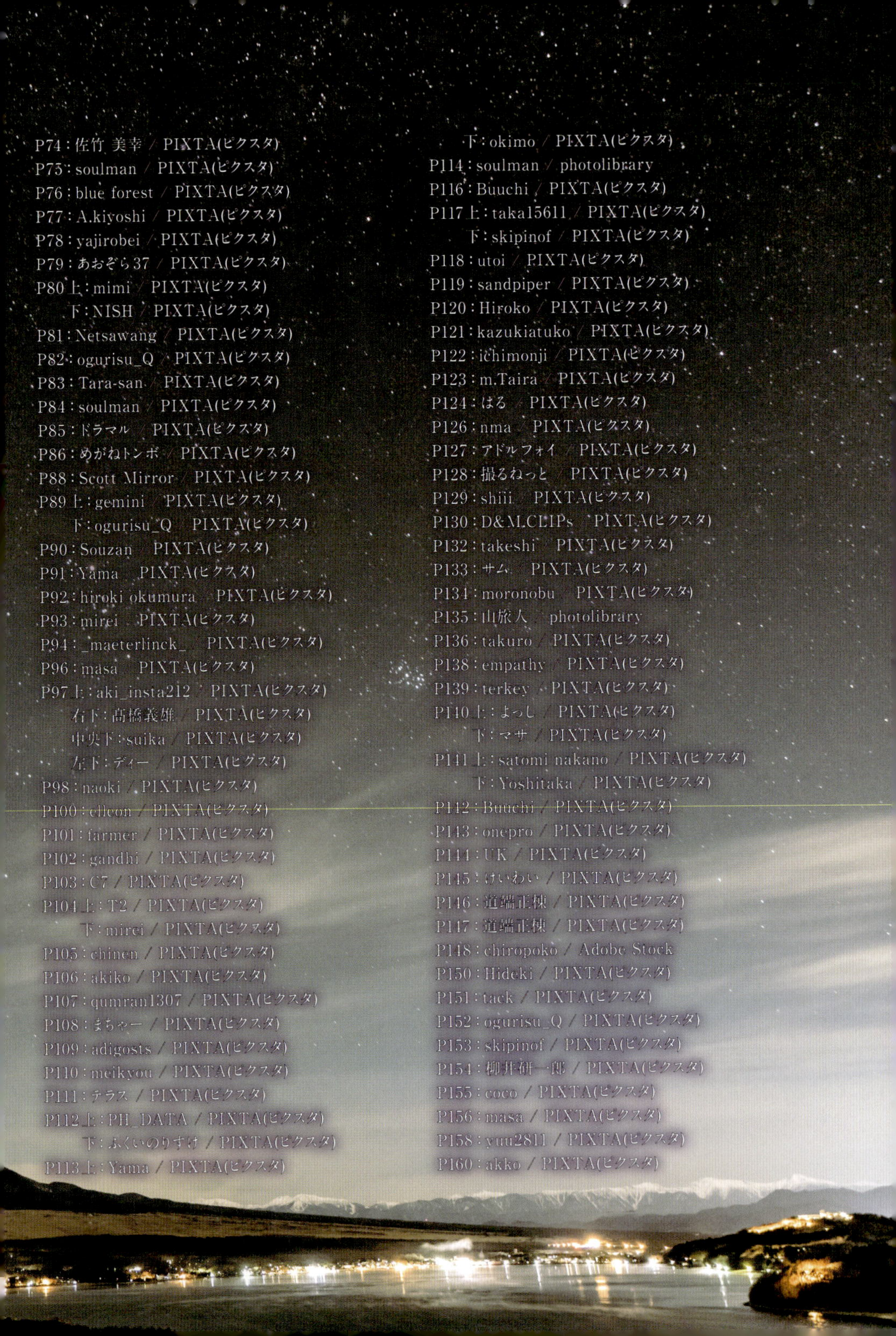

P74：佐竹 美幸 / PIXTA(ピクスタ)
P75：soulman / PIXTA(ピクスタ)
P76：blue forest / PIXTA(ピクスタ)
P77：A.kiyoshi / PIXTA(ピクスタ)
P78：yajirobei / PIXTA(ピクスタ)
P79：あおぞら37 / PIXTA(ピクスタ)
P80上：mimi / PIXTA(ピクスタ)
　下：NISH / PIXTA(ピクスタ)
P81：Netsawang / PIXTA(ピクスタ)
P82：ogurisu_Q / PIXTA(ピクスタ)
P83：Tara-san / PIXTA(ピクスタ)
P84：soulman / PIXTA(ピクスタ)
P85：ドラマル / PIXTA(ピクスタ)
P86：めがねトンボ / PIXTA(ピクスタ)
P88：Scott Mirror / PIXTA(ピクスタ)
P89上：gemini / PIXTA(ピクスタ)
　下：ogurisu_Q / PIXTA(ピクスタ)
P90：Souzan / PIXTA(ピクスタ)
P91：Yama / PIXTA(ピクスタ)
P92：hiroki okumura / PIXTA(ピクスタ)
P93：mirei / PIXTA(ピクスタ)
P94：_maeterlinck_ / PIXTA(ピクスタ)
P96：masa / PIXTA(ピクスタ)
P97上：aki_insta212 / PIXTA(ピクスタ)
　右下：髙橋義雄 / PIXTA(ピクスタ)
　中央下：suika / PIXTA(ピクスタ)
　左下：ディー / PIXTA(ピクスタ)
P98：naoki / PIXTA(ピクスタ)
P100：elleon / PIXTA(ピクスタ)
P101：farmer / PIXTA(ピクスタ)
P102：gandhi / PIXTA(ピクスタ)
P103：C7 / PIXTA(ピクスタ)
P104上：T2 / PIXTA(ピクスタ)
　下：mirei / PIXTA(ピクスタ)
P105：chinen / PIXTA(ピクスタ)
P106：akiko / PIXTA(ピクスタ)
P107：qumran1307 / PIXTA(ピクスタ)
P108：まちゃー / PIXTA(ピクスタ)
P109：adigosts / PIXTA(ピクスタ)
P110：meikyou / PIXTA(ピクスタ)
P111：テラス / PIXTA(ピクスタ)
P112上：PH_DATA / PIXTA(ピクスタ)
　下：ふくいのりすけ / PIXTA(ピクスタ)
P113上：Yama / PIXTA(ピクスタ)
　下：okimo / PIXTA(ピクスタ)
P114：soulman / photolibrary
P116：Buuchi / PIXTA(ピクスタ)
P117上：taka15611 / PIXTA(ピクスタ)
　下：skipinof / PIXTA(ピクスタ)
P118：utoi / PIXTA(ピクスタ)
P119：sandpiper / PIXTA(ピクスタ)
P120：Hiroko / PIXTA(ピクスタ)
P121：kazukiatuko / PIXTA(ピクスタ)
P122：ichimonji / PIXTA(ピクスタ)
P123：m.Taira / PIXTA(ピクスタ)
P124：はる / PIXTA(ピクスタ)
P126：nma / PIXTA(ピクスタ)
P127：アドルフォイ / PIXTA(ピクスタ)
P128：撮るねっと / PIXTA(ピクスタ)
P129：shiii / PIXTA(ピクスタ)
P130：D&M.CLIPs / PIXTA(ピクスタ)
P132：takeshi / PIXTA(ピクスタ)
P133：サム / PIXTA(ピクスタ)
P134：moronobu / PIXTA(ピクスタ)
P135：山旅人 / photolibrary
P136：takuro / PIXTA(ピクスタ)
P138：empathy / PIXTA(ピクスタ)
P139：terkey / PIXTA(ピクスタ)
P140上：よっし / PIXTA(ピクスタ)
　下：マサ / PIXTA(ピクスタ)
P141上：satomi nakano / PIXTA(ピクスタ)
　下：Yoshitaka / PIXTA(ピクスタ)
P142：Buuchi / PIXTA(ピクスタ)
P143：onepro / PIXTA(ピクスタ)
P144：UK / PIXTA(ピクスタ)
P145：けいわい / PIXTA(ピクスタ)
P146：道端正棟 / PIXTA(ピクスタ)
P147：道端正棟 / PIXTA(ピクスタ)
P148：chiropoko / Adobe Stock
P150：Hideki / PIXTA(ピクスタ)
P151：tack / PIXTA(ピクスタ)
P152：ogurisu_Q / PIXTA(ピクスタ)
P153：skipinof / PIXTA(ピクスタ)
P154：柳井研一郎 / PIXTA(ピクスタ)
P155：coco / PIXTA(ピクスタ)
P156：masa / PIXTA(ピクスタ)
P158：yuu2811 / PIXTA(ピクスタ)
P160：akko / PIXTA(ピクスタ)

フォトグラファーリスト

帯：Tawatchai Prakobkit 123RF
P2：CHU / PIXTA(ピクスタ)
P4：adigosts / PIXTA(ピクスタ)
P6：shonen / PIXTA(ピクスタ)
P8：ばりろく / PIXTA(ピクスタ)
P9 上：はすまん / PIXTA(ピクスタ)
下：舞流sky / PIXTA(ピクスタ)
P10：タナベサト / PIXTA(ピクスタ)
P11：ふくいのりすけ / PIXTA(ピクスタ)
P12：feathercollector / Adobe Stock
P14：Anesthesia / PIXTA(ピクスタ)
P16：chaya / PIXTA(ピクスタ)
P17：Yoshitaka / PIXTA(ピクスタ)
P18 上：@yume / PIXTA(ピクスタ)
下：ソウルパラム / PIXTA(ピクスタ)
P19：のりりん / PIXTA(ピクスタ)
P20：安ちゃん / Adobe Stock
P22：Royaltiger / PIXTA(ピクスタ)
P23 上：イチ / PIXTA(ピクスタ)
下：qumran1307 / PIXTA(ピクスタ)
P24：ogurisu_Q / PIXTA(ピクスタ)
P25：YHY / PIXTA(ピクスタ)
P26：ヘック / PIXTA(ピクスタ)
P27：Masa / PIXTA(ピクスタ)
P28 上：yukky / PIXTA(ピクスタ)
下：photo-uny / PIXTA(ピクスタ)
P29 上：june. / PIXTA(ピクスタ)
下：maron / PIXTA(ピクスタ)
P30：nao&ken / PIXTA(ピクスタ)
P32：のびー / PIXTA(ピクスタ)
P33 上：road / PIXTA(ピクスタ)
下：farmer / PIXTA(ピクスタ)
P34：skybluejapan / PIXTA(ピクスタ)
P35：kada777 / Adobe Stock
P36：rifotolia / Adobe Stock
P37：coward_lion / Adobe Stock
P38：よう壱 / PIXTA(ピクスタ)
P39：NISH / PIXTA(ピクスタ)
P40：tak36lll / PIXTA(ピクスタ)
P42：Mizuhiro / PIXTA(ピクスタ)
P43：Scirocco340 / Adobe Stock
P44：響都色 / PIXTA(ピクスタ)
P45：くまこ / PIXTA(ピクスタ)
P46：mirai4192 / PIXTA(ピクスタ)
P47：farmer / PIXTA(ピクスタ)
P48：安ちゃん / PIXTA(ピクスタ)
P50：pichomaru / Adobe Stock
P51：かみぞー / PIXTA(ピクスタ)
P52 上：隆司 西野 / Adobe Stock
下：Jazz Blues
P53 上：mico / PIXTA(ピクスタ)
下：cascata / PIXTA(ピクスタ)
P54：よしひろ / PIXTA(ピクスタ)
P55：kattyan / PIXTA(ピクスタ)
P56：まちゃー / PIXTA(ピクスタ)
P58：myth9for / PIXTA(ピクスタ)
P59：Kei1962 / PIXTA(ピクスタ)
P60：utoi / Adobe Stock
P61：Ren / PIXTA(ピクスタ)
P62：rinrin Portfolio / Adobe Stock
P64：白熊 / PIXTA(ピクスタ)
P65 上：TAKUYA ARAKI / Adobe Stock
下：skipinof / PIXTA(ピクスタ)
P66 上：unio / PIXTA(ピクスタ)
下：歩き目です / PIXTA(ピクスタ)
P67：haku / PIXTA(ピクスタ)
P68：photoskey / PIXTA(ピクスタ)
P69：bisou / PIXTA(ピクスタ)
P70：イーハトーヴ / photolibrary
P71：たき / PIXTA(ピクスタ)
P72 上：hisagi maruyama / Adobe Stock
下：oriken / PIXTA(ピクスタ)
P73：TM / PIXTA(ピクスタ)

冬の富士山（静岡県・山梨県）は、
山辺赤人の「田子の浦に」の歌
に詠まれています。

世界でいちばん素敵な

百人一首の教室

2019年10月1日　第1刷発行
2025年1月1日　第5刷発行

監修　吉海直人（同志社女子大学教授）
写真　Adobe Stock
photolibrary
PIXTA
123RF

装丁　公平恵美
デザイン　小池那緒子（ナイスク）
文　鈴木智也
協力　ナイスク（http://naisg.com）
松尾里央
高作真紀
尾崎惇太

発行人　塩見正孝
編集人　神浦高志
販売営業　小川仙丈
中村崇
神浦絢子

印刷・製本　TOPPANクロレ株式会社

発行　株式会社三才ブックス
〒101-0041
東京都千代田区神田須田町2-6-5
OS'85ビル
TEL：03-3255-7995
FAX：03-5298-3520
http://www.sansaibooks.co.jp/
mail　info@sansaibooks.co.jp
facebook
https://www.facebook.com/yozora.kyoshitsu/
Twitter　@hoshi_kyoshitsu
Instagram　@suteki_na_kyoshitsu